환경인문학과 인류의 미래

NANAM
나남출판

포스텍 융합문명연구원
문명과 담론 총서 07

환경인문학과 인류의 미래

2021년 7월 5일 발행
2021년 7월 5일 1쇄

지은이   김욱동
발행자   조완희
발행처   나남출판사
주소   10881 경기도 파주시 회동길 193, 4층 (문발동)
전화   (031) 955-4601(代)
FAX   (031) 955-4555
등록   제 406-2020-000055호 (2020.5.15)
홈페이지   http://www.nanam.net
전자우편   post@nanam.net

ISBN 979-11-974673-1-8
ISBN 979-11-971279-3-9 (세트)

포스텍 융합문명연구원 **문명과 담론** 총서 07

환경인문학과 인류의 미래

김욱동 지음

NANAM
나남출판

The Environmental Humanities and the Future of Mankind

by
Wook-Dong Kim

NANAM

책머리에

이 조그마한 책을 쓰는 동안 서양 경구 한마디가 내 머리에 끊임없이 맴돌았다. "지도는 영토와는 다르다"는 폴란드 출신 수학자 알프레드 코집스키의 말이 그것이다. 우리의 정신이나 지각이 실제 현실이나 구체적인 물리적 세계와는 다르다는 것을 지적하는 말이다. 이러한 괴리는 환경 문제를 보면 더더욱 뚜렷하게 드러난다. '그린피스'의 공동 설립자인 렉스 웨일러는 환경담당 대사, 온갖 회의와 모임, 자연보호 구역은 계속 늘어나는데도 생물종은 점차 줄어들고, 탄소 배출을 규제하면서 세금을 더 많이 물리는데도 탄소 배출량은 더 늘어나며, 기업에서는 환경 친화적 '녹색' 제품을 더 많이 생산하는데도 녹지는 점점 더 줄어든다고 지적한다. 그러면서 웨일러는 지구온난화, 생물다양성 감소, 유해성 독극물 폐기, 사막화, 해수 담수화는 날이 갈수록 악화일로에 있다고 한탄한다.

나는 그동안 자의 반 타의 반 '환경 전도사'로 활동하며 문학생태학이나 생태비평이라는 이름으로 환경 복음을 전하는 데 노력해 왔다. 그러다 보니 환경 문제를 다룬 책을 대여섯 권 출간하였다. 《문학 생태학을 위하여》를 시작으로 《생태학적 상상력》과 《적색에서 녹색으로》를 거쳐 맨 마지막으로 동서양의 고전 작품 속에서 생태주의를 읽어낸 《녹색 고전》 3권을 출간하였다. 나는 《녹색 고전》 시리즈를 마지막으로 이제는 더 이 분야의 단행본을 출간하지 않으려고 단단히 마음 먹었다. '유목민' 학자를 자처하는 사람으로 갈 길은 먼데 너무 한곳에 오래 머문 것 같다는 생각이 들었기 때문이다.

그러나 나는 이러한 결심을 깨트리고 다시 환경 문제를 다루는 책을 썼다. 그것은 크게 세 가지 이유에서 비롯한다. 첫째, 환경을 둘러싼 문제는 개선되기는커녕 오히려 하루가 다르게 더욱 심각해져 가고 있기 때문이다. 비관적으로 보는 학자들은 2050년쯤이면 지구는 더 이상 인간이 살 수 없는 행성이 될 것이라고 내다본다. 2050년경이라면 '근대화의 혈액'이라고 할 석탄과 석유 같은 화석연료가 모두 고갈될 뿐 아니라 지구상에 얼마 남아 있지 않은 열대우림마저 모두 파괴되는 시점이다. 이 두 가지가 서로 맞물려 있어 지구는 인류가 살아남기에는 부적합한 행성이 될 것이라고 전망한다. 요즈음 들어 부쩍 기승을 부리는 지구온난화에 따른 기상 이변과 그것에서 비롯하는 슈퍼 태풍 등을 보면 어쩌면 그 시점이 앞당겨질지도 모른다는 불길한 생각마저 든다.

내가 환경 문제를 다루는 책을 다시 쓰기로 마음을 바꾼 두 번째 이유는 2020년 초부터 지구촌에 COVID-19가 창궐하기 시작했기 때문이다. 환경과 바이러스가 무슨 상관이냐고 할지 모르지만 넓은 의미에서 바이러스도 세균과 마찬가지로 환경의 일부다. 이제 인류는 시대를 구분 짓던 'B. C.'의 의미를 새롭게 규정해야 할지도 모른다. 예수 그리스도의 탄생이 아니라 COVID-19의 창궐을 그 기점으로 삼아야 한다. 아메리카 대륙에 살아온 원주민들이 크리스토퍼 콜럼버스가 이 대륙에 첫 발을 내디딘 1492년을 'B. C. Before Columbus'의 기준으로 삼았던 것처럼, 이제는 COVID-19 창궐 이전과 이후로 그 기준을 삼아야 할 것 같다. 재러드 다이아몬드는 코로나바이러스가 소멸하지 않고 에이즈·독감·말라리아를 비롯한 다른 질병처럼 지속적으로 인류를 괴롭힐 것이라고 내다본다. 그렇다면 인류는 이제 이 바이러스를 퇴치하는 것 못지않게 그것과 '함께' 살아가는 생존 방법을 모색해야 할지 모른다.

내가 다시 한 번 환경 관련 책을 쓰게 된 세 번째 이유는 최근 들어 미국과 서유럽을 중심으로 '환경인문학' 분야가 새롭게 부상했기 때문이다. 물론 20세기 후반부터 인문학자들과 사회과학자들은 환경 문제에 관심을 보이기 시작하였다. 가령 문학생태학이나 생태비평을 비롯하여 환경철학이나 환경윤리, 환경종교학, 환경역사, 환경인류학, 사회생태학, 에코페미니즘 등이 바로 그것이다. 그러나 이러한 분야는 문학, 철학, 여성학, 사회학 분야에서 개별적으로 이루어진 연구일 뿐 인문학 안에서 통합적으로 이루어진 연구는 아니었을뿐더러 자연과학과의 연대를 모색하지도 않았다. 한편 환경인문학에서는 통섭이나 통학문적 정신에 입각하여 그동안 소원한 관계에 있던 사회과학은 말할 것도 없고 자연과학과도 좀더 적극적으로 연대를 모색하려고 한다.

인문학자들은 이제 환경 문제를 자연과학자들이나 사회과학자들에게만 맡겨서는 오늘날 인류가 직면한 환경 위기나 생태계 위기를 극복할 수 없다고 판단한다. 그래서 인문학자들은 이러한 절박한 심정에서 환경 문제 해결을 위해서라면 사회과학자들이나 자연과학자들과 기꺼이 손을 잡으려고 한다. 더욱 고무적인 것은 사회과학자들과 자연과학자들도 인문학자들을 한낱 상아탑에 갇혀 고담준론을 일삼는 사람들로 보지 않는다는 점이다. 조금 과장하여 말하면, 다른 분야 학자들은 좁게는 문학가, 좀더 넓게는 인문학자를 하늘에 걸린 둥근 달을 쳐다보고 한숨이나 짓는 사람 정도로 생각해 왔던 것이 사실이다. 그러나 사회과학자들과 자연과학자들은 이제 그들의 연구와 지식만으로는 심각한 환경 문제를 해결할 수 없다고 깨닫고 인문학자들에게 도움을 청하는 단계에 이르렀다.

나는 지난 5년 동안 울산과학기술원UNIST에서 '문학과 환경'이라는 과목을 강의하면서 이 두 분야의 유기적 관계를 좀더 깊이 성찰하고 정교하게 다듬을 수 있었다. 학생들의 질문과 토론은 나에게 무뎌진 환경 의식을 좀더 예리하게 벼리는 숫돌이 되었다. 이 책을 쓰는 데 필요한 외국 도서를 구입해 준 울산과학기술원 학술정보원 선생님들께 이 자리를 빌려 감사드린다. 또한 이 책을 집필할 수 있도록 연구비를 마련해 준 포스텍 융합문명연구원과 연구원 원장 송호근 석좌교수님께

감사드린다. 이 조그마한 책이 환경인문학을 한국에 알리는
데 조금이라도 도움이 된다면 저자로서는 그보다 더 기쁜 일
이 없을 것이다.

2021년 봄
해운대에서
김 욱 동

환경인문학과 인류의 미래

1장

환경인문학의 이론적 기초

인류 역사에서 아폴로 17호가 달에 착륙한 1972년은 시기적으로 서구의 이념대립과 환경운동이 서로 맞물려 있던 해다. 이 무렵 미국과 서유럽을 비롯한 선진국에서 무분별한 개발과 고도성장에 따른 부산물로 환경이 심각하게 오염되고 파괴되면서 환경운동이 중요한 의제로 떠오르기 시작하였다. 당시 많은 환경운동가들이 "적색에서 녹색으로"라는 구호를 내걸고 환경운동을 전개하였다. 여기서 '적색'이란 두말할 나위 없이 정치적 이념을 말하고, '녹색'이란 환경운동을 말한다. 그동안 학자들이나 지식인들은 자유민주주의와 사회주의 같은 정치 체제를 두고 첨예하게 대립하였다. 실제로 1989년 체코

슬로바키아에서 벨벳 혁명을 가져온 것은 철의 장막이 아니라 공기 오염이었다고 지적하는 사람들이 있다.

환경 문제가 초미의 관심사로 떠오르면서 정치 이념을 둘러싼 논쟁은 조금씩 빛을 잃게 되었다. 거대한 빙산에 부딪혀 대서양에 침몰한 타이타닉호처럼 지구가 파멸을 향해 치닫고 있는데 자유민주주의가 더 나은 정치체제인가, 사회주의가 더 바람직한 정치체제인가를 두고 논쟁을 벌이는 것은 한낱 부질없는 일이다. 지구호가 침몰한 뒤에는 그러한 이론 투쟁은 아무런 쓸모가 없을 것이기 때문이다. 그러한 투쟁은 침몰하는 지구호를 먼저 구출하고 난 뒤에 벌여도 늦지 않다. 20세기가 뉘엿뉘엿 서산마루에 걸려 있을 무렵 환경 문제보다 더 절박한 문제가 없다는 생각이 인문학과 사회과학 그리고 자연과학에 종사하는 학자와 지식인, 작가, 예술가, 그리고 비정부기구NGO 종사자를 중심으로 널리 퍼지기 시작했던 것이다.

생태학과 환경학

환경 문제에 대한 학문적 관심은 생태학에서 그 계보를 찾아볼 수 있다. 1886년 독일의 생물학자 에른스트 헤겔이 처음 생태학이라는 용어를 사용한 것으로 알려져 있다. 물론 고대 그리스 시대 철학자들이 이미 자연과 환경 문제에 관심을 보였지만, 생태학이 본격적으로 대두한 것은 19세기 말엽에 이르러서다. 생태학이란 생태계의 연구, 즉 생물과 생물, 생물과 환경의 상호작용에 좀더 체계적으로 접근하는 생물학의 분과학문이다.

여기서 '생물'이란 인간을 비롯한 모든 생물체를 말하고, '환경'이란 생물의 주변을 구성하는 생물적 요소와 비생물적 요소를 두루 일컫는 말이다. 지금까지 서구 세계를 지배해 온 가장 중심적인 신화는 자아와 동일자의 신화였다. 인간은 주체로서 '저기 밖에 있는' 객관 세계(환경, 자연)를 마주보고 있었다. 20세기 유럽 철학에서 이러한 주관적 경험을 가장 설득력 있게 논의한 철학은 현상학이었고, 이 무렵 지구에서 우리를 둘러싼 객관 세계를 가장 철저하게 연구하는 학문은 생태학이었다.

생태학을 뜻하는 영어 '에콜로지ecology'는 대부분의 학술 용어가 흔히 그러하듯이 고대 그리스어에 뿌리를 둔다. 집이나 주거 공간을 뜻하는 '오이코스oikos'와 학문이나 연구를 뜻하는 '로고스logos'를 결합하여 만들어낸 말이다. 이왕 '오이코스'라는 말이 나왔으니 말이지만 경제를 뜻하는 '이코노미economy'도 생태학과 동일한 그리스어에서 파생되었다. 경제학이란 '오이코스'와 '노미아nomia'가 결합한 말로, 집을 관리한다는 뜻이다. 같은 부모의 핏줄을 받고 태어났으면서도 한쪽은 지구를 살리는 일에 힘을 쏟는 반면, 다른 한쪽은 지구를 파멸시키는 데 이바지한다는 것은 참으로 아이러니가 아닐 수 없다. 오죽하면 '에코이코노미eco-economy'라는 이상야릇하다고밖에 할 수 없는 신조어를 사용할까.

생태학이 생물학의 한 분과학문이라면 환경학이나 환경 연구는 생태학을 기반으로 자연과 환경을 연구하는 분야다. 전자는 순수과학에 가깝고, 후자는 인간이 어떻게 환경에 영향을 미치는지 연구하는 응용과학에 가깝다. 더구나 환경학은 인접 학문과의 연계를 강조하는 학제적 성격이 강하다는 점에서도 생태학과는 조금 다르다. 다시 말해서 환경학은 환경 문제를 해결하는 데 도움이 된다면 어떠한 학문과도 기꺼이 손을 잡는다. 생태학은 말할 것도 없고 생물학·화학·지구과학·물리학을 비롯한 자연과학, 환경공학·자연자원관리학·임학·농학·환경보건학·독성학 같은 응용과학, 경제학·사회학·정책학·법학 같은 사회과학, 문학·역사·철학·윤리학 같은 인문학에서 자양분을 흡수한다.

한편 환경인문학은 어디까지나 인문학에 바탕을 둔 분과학문이다. 환경학처럼 여러 학문 분야에서 이룩한 결과를 바탕으로 환경 문제에 접근하되 좀더 종합적이고 체계적인 방식으로 접근하려고 한다. 환경인문학은 사회과학은 말할 것도 없고 심지어 인문학과 거리가 먼 학문이라 여겨져 온 자연과학과도 기꺼이 연대하려고 한다. 더구나 그동안 소원한 상태에 있던 미술, 음악, 사진, 영화 같은 다른 분야와도 손을 잡는다. 이렇게 열린 마음으로 모든 학문 분야를 받아들이려고 한다는 점에서 환경인문학은 가히 영웅적이라고 할 만하다. 환경인문학의 이러한 태도는 오늘날 인류가 직면한 심각한 환경 문제가 어느 특정 학문 분야만의 노력으로는 도저히 해결할 수 없는 단계에 이르렀다는 사실을 보여준다.

최근 환경인문학과 관련하여 '환경 담론'이라는 용어를 심심치 않게 듣는다. 인문학과 사회과학에서 흔히 사용하는 '담론談論'은 언어를 통하여 표현할 수 있는 형식적 사고방식을 말한다. 특히 사회학에서는 담론을 미셸 푸코의 여러 저작에 근거하여 "개인이 실재에 의미를 부여하는 (다양한 형식에서 찾아볼 수 있는) 모든 실천"으로 규정짓는다(Ruiz, 2009). 그런데 이러한 환경 담론은 크게 ① 과학적 담론, ② 규제적 담론, ③ 시적 담론의 세 범주로 나눈다. 그중 시적 담론은 일종의 제유적提喩的 표현으로 문학적 담론, 좀더 범위를 넓혀 예술적 담론으로 부를 수 있다.

과학적 담론이란 주로 과학 공동체에서 통용되는 담론, 즉 자연과학자들이 사용하는 담론이다. 생태학을 중심으로 대기과학, 환경화학, 지구과학 등이 여기에 속한다. 인간을 포함한 생물을 둘러싸고 직접 또는 간접 영향을 끼치는 자연적 조건이나 사회적 상황을 대상으로 연구하는 학문을 이른다. 한마디로 환경과 관련한 자연과학 분야는 하나같이 이 과학적 담론의 범주에 들어간다.

한편 규제적 담론이란 한국의 환경부, 일본의 환경성, 미국의 환경보호청EPA, 독일의 연방환경부BMU 같은 정부기구가 주로 사용하는 담론이다. 여기에는 한국의 환경운동연합이나 미국의 기후활동공동체CAP 같은 비정부단체가 사용하는 담론도 들어간다. '규제적'이라는 말에서도 엿볼 수 있듯이 이 담론에서는 과학적 담론과 비교하여 법규에 따라 환경을 규제하거나 단속하는 기능이나 통제하고 감시하는 성격이 강하다.

한편 시적 또는 문학적·예술적 담론이란 문학가들과 예술가들이 주로 사용하는 담론, 즉 여러 유형의 예술 작품을 말한다. 예를 들어 짤막한 시 한 편에서 장편 소설처럼 길이가 긴 산문, 수필 등 문학 작품에 이르기까지 자연이나 환경의 중요성을 일깨우는 작품은 하나같이 시적 담론에 속한다. 좀 더 범위를 넓히면 비단 문학 작품에 그치지 않고 사진, 연극, 영화, 댄스, 건축 같은 예술 작품도 이 담론과 맞닿아 있다. 시적 담론에는 창작된 작품 외에 문학·예술 연구가들이나 비평가들의 이론, 비평도 포함된다.

그렇다면 이 세 환경 담론을 지배하는 정신은 과연 무엇일까? 플라톤에서 시작하여 임마누엘 칸트를 거쳐 최근 심리학에서 흔히 말하는 인간의 세 가지 심적 요소인 지정의^{知情意}, 즉 지성·감정·의지를 대입해 보면 그 정신을 좀더 뚜렷이 알 수 있다. 과학적 담론에서는 지성에 무게를 싣고, 규제적 담론에서는 의지에 무게를 두며, 시적 담론에서는 감정에 가치를 둔다. 이번에는 아리스토텔레스가 일찍이 《수사학》에서 인간을 설득하는 데 필요한 세 가지 능력으로 파악한 로고스·에토스·파토스를 대입해 보자. 과학적 담론은 로고스, 규제적 담론은 에토스, 시적 담론은 파토스의 성격이 강하다.

더구나 이 세 환경 담론은 자연을 바라보는 관점이 저마다 다르다. 가령 과학적 담론에서 자연은 과학적 지식의 대상이고, 규제적 담론에서 자연은 관리해야 할 천연자원이다. 한편 시적 담론에서 자연은 인간의 정신을 풍요롭게 하고 예술적 영감을 불어넣으며 상상력을 일깨우는 신비스러운 영적인 존재다.

이렇게 자연을 바라보는 관점이 서로 뚜렷하게 다른 만큼 세 환경 담론은 지향하는 가치도 다를 수밖에 없다. 보편적 가치를 지향하는 과학적 담론에서는 지구 공동체의 구성원인 인류에 초점을 맞춘다. 한편 규제적 담론에서는 한 국가의 국민이나 민족을 핵심 대상으로 삼는다. 그런가 하면 시적 담론에서는 인류나 민족의 범위를 뛰어넘어 모든 생물, 즉 생물권에 존재하는 모든 종과 개체에 관심을 기울인다. 이를 달리 표현하면 과학적 담론은 인간중심이고, 규제적 담론은 민족중심이며, 시적 담론은 생물중심이라는 말이 된다.

그런데 여기서 한 가지 주목해야 할 것은 세 환경 담론 중에서 어느 하나 중요하지 않은 것이 없다는 점이다. 자연을 보호하고 환경을 지키기 위해서는 과학적 담론은 말할 것도 없고 규제적 담론과 시적 담론도 모두 중요하다. 세 모서리 중 어느 하나만 없어도 삼각형이 성립할 수 없는 것과 같은 이치다. 또한 세 담론 중 어느 쪽이 다른 쪽과 비교하여 더 중요하다고 주장하는 것도 마치 삼각형 중 어느 한 모서리가 나머지 모서리보다 더 중요하다고 주장하는 것처럼 옳지 않다. 다만 환경인문학을 부르짖는 사람들은 환경 문제를 좀더 '효과적effective'으로 해결하기 위해서는 인간의 마음을 강렬하게 움직이는 '감정적affective' 방식이 필요하다는 데 입을 모은다.

환경인문학의 대두

환경학 또는 환경 연구가 본격적인 분야로 모습을 드러낸 1970년대를 전후하여 환경 위기나 생태계 위기에 대한 관심이 그 어느 때보다 부쩍 늘어났다. 예를 들어 1968년 환경 문제에 관한 연구와 토의를 위하여 '로마클럽'이 결성되었다. 이탈리아의 실업가 아우렐리오 페체이와 영국의 과학자 알렉산

더 킹이 위기에 놓인 인류의 미래를 논의하기 위한 기구를 창설하자고 제의하자 이 문제에 관심을 가진 유럽의 학자, 기업인 36명이 로마에 모이면서 이 클럽이 탄생했다. 이 회의에서 논의한 중심 주제는 ① 환경, ② 인구, ③ 투자, ④ 자원, ⑤ 식량 등 지구촌이 당면한 핵심 과제들이었다.

로마클럽은 토의 결과를 계량화하기 위해 미국 매사추세츠 공과대학MIT에 정량적인 분석을 의뢰하였다. 분석 팀은 ① 인구증가, ② 공업생산, ③ 식량생산, ④ 환경오염, ⑤ 자원고갈 등 다섯 가지 분야에 관한 1900년부터 1970년까지의 자료를 토대로 2100년까지의 추이를 예측하는 모델을 완성하였다. 로마클럽이 이 분석 모델을 기초로 1972년 발간한 보고서가 바로 《성장의 한계》다. 이 보고서는 이전의 성장 추세가 변하지 않는다면 환경오염과 자원고갈로 100년 안에 인류는 성장의 한계에 도달하게 될 것이라고 결론짓는다. 더구나 빠른 인구증가로 부존자원이 기하급수적으로 감소하고 있어 머지않은 장래에 지구는 증가하는 인구를 지탱할 수 없을 것이라고도 전망한다. 이 비관적 보고서는 70여 년 전 토머스 맬서스가 이미 경고한 것을 좀더 과학적으로 증명한 것에 지나지 않았다.

로마클럽의 《성장의 한계》가 출간된 지 15년 뒤 이번에는

'지속가능한 발전SD: Sustainable Development'이라는 개념이 등장하였다. 이 용어가 공식적으로 처음 알려진 것은 1987년 세계환경개발위원회WCED에서 발간한 《우리의 공동 미래》에서다. 이 위원회 의장을 맡은 노르웨이 수상 그로 할렘 브룬트란트의 이름을 따서 흔히 '브룬트란트 보고서'로도 부르는 이 보고서는 《성장의 한계》보다 훨씬 더 긍정적으로 미래를 전망한다. 미래 세대의 욕구를 충족할 수 있는 기반을 저해하지 않는 범위에서 현 세대의 요구를 충족하는 발전 모델이기 때문이다. '지속가능한 발전'은 1992년 브라질 리우데자네이루에서 열린 유엔환경개발회의UNCED에서 채택되면서 '21세기 지구환경보전을 위한 기본 원칙'으로 좀더 널리 알려지게 되었다.

오늘날 환경보전과 경제성장은 인류가 살아가는 데 동시에 추구해야 할 목표다. 그러나 '지속가능성'과 '성장'은 서로 어긋나는 면이 많아서 늘 논란거리가 되어 왔다. 현 세대의 필요를 충족하되 미래 세대의 가능성을 파괴하지 않은 채 주변 환경과 조화를 이루며 자유롭게 발전의 기회를 누릴 수 있을까? 만약 그것이 실현된다면 더할 나위 없이 이상적일 터다. 물론 '지속가능한 발전'을 이루기 위한 방안들 사이에도 의견

차이가 있어서 방법과 절차에 따라 '약성 지속가능성'과 '강성 지속가능성'으로 나뉜다. 정도의 차이는 있을망정 지속가능한 발전은 마치 동시에 두 마리 토끼를 쫓는 것과 같아서 이상적 모델이기는 하지만 현실에서는 좀처럼 이룰 수 없다.

더구나 지속가능한 발전 개념에서 문제가 되는 것은 인문학 분야가 배제되어 있다는 점이다. 지속가능한 발전은 환경을 비롯하여 일반적인 정책의 영역인 경제와 사회를 포함한다. 2005년 '세계 정상회의 결과문서'에서는 "상호의존적이고 상호증진적인 지속가능한 발전의 기둥"으로서 ① 경제적 발전, ② 사회적 발전, ③ 환경 보호를 언급하였다. 이 개념에서는 환경·경제·사회가 세 중심축을 이룬다. 그런데 이러한 구도에 인문학이 들어설 자리란 거의 없다시피 하다. 물론 사회의 범주 속에 비집고 들어갈 수 있다고 할지도 모른다. 그렇다면 인문학은 고유 특성과 기능을 버리고 사회과학으로 편입되는 결과를 낳는다. 또한 '지속가능한 발전'은 고정불변한 개념이 아니라 끊임없이 변화하는 개념이라고 주장하는 학자들도 있다. 실제로 각 나라와 지역은 이 개념의 형성 과정이 지니는 역사적 의미를 고려하면서 그들의 상황에 걸맞게 해석하여 적용하는 것도 사실이다. 비록 이 두 가지 점을 염두에 둔다고 하더라도 인문학이 정당한 대접을 받지 못했다는 것은 부정할 수 없는 사실이다.

이 점을 의식이라도 한 듯이 2001년 '유네스코 세계 문화다양성 선언UDCD'에서는 이 세 항목에 한 가지를 더 추가하여 "자연에서 생물다양성이 중요하듯이, 인간에게는 문화다양성이 필요하다"고 언급하였다. 그러면서 이 선언에서는 문화다양성이란 단순한 경제적인 성장과는 다른 개념으로 좀더 만족스러운 지적, 감정적, 윤리적, 정신적 삶을 누리기 위한 한 방법으로서 근본이 된다고 밝혔다. 그렇다면 문화다양성은 이제 지속가능한 발전의 네 번째 영역이 되는 셈이다.

절박한 환경 위기에서 인문학 분야에서 종사해 오던 학자들은 이제 더 상아탑 속에 고고하게 칩거할 수 없다는 결론에 이르렀다. 그래서 인접 학문과 협력하면서 환경 문제에 직접 관심을 기울이기 시작하였다. 20세기 말엽과 21세기 초엽에 걸쳐 '환경인문학environmental humanities' 또는 '생태인문학environmental humanities'이라는 분야가 새롭게 나타나 관심을 끌었다. 지금 인문학에서 가장 주목받는 분야는 환경인문학 또는 생태인문학과 함께 디지털인문학digital humanities이라고 하여도 크게 틀리지 않다.

여기서 잠깐 '환경인문학'과 '생태인문학'의 관계를 짚고 넘어가는 것이 좋을 것 같다. 대부분의 학자들은 그동안 '환경인문학'과 '생태인문학'을 동의어로 사용해 왔다. 그러나 엄밀히 말해서 두 인문학은 조금 성격이 다르다. 첫째, '생태인문학'이라는 용어는 주로 오스트레일리아 학계에서 사용해 온 반면, '환경인문학'은 미국과 유럽 학계에서 주로 사용해 왔다. 둘째, '생태인문학'이 비교적 철학적이고 형이상학적 측면이 강한 반면, '환경인문학'은 실천적이고 형이하학적 측면이 강하다. 폴란드 학자 에와 도만스카는 이 두 유형의 인문학을 엄격히 구분 짓는다. 그녀는 "환경인문학이 주로 다양한 환경 보호 운동과 연관된 반면, 생태인문학은 좀더 포괄적인 개념으로 특정한 지식, 과학에 관한 특정한 개념, 그 실천과 인식 방법뿐 아니라 의식의 변화를 포함한다"고 밝힌다(Domanska, 2015: 186). 앞에서 생태학과 환경학을 언급했지만 '생태인문학'은 전자에 가깝고 '환경인문학'은 후자에 가깝다. 이 두 용어를 아울러 '환경생태인문학'이라는 용어를 사용하자고 주장하는 학자들도 있다. 그러나 앞으로 이 책에서는, 제목에서도 엿볼 수 있듯이, 논의의 편의를 위하여 '환경인문학'이라는 용어로 통일하여 사용할 것이다.

스노의 '두 문화' 이론

1980년대 전까지만 하여도 비교적 독자적인 영역에 머물러 있던 인문학이 점차 사회과학은 물론 자연과학과도 손을 잡기 시작하였다. 지금까지 인문학은 사회과학은 몰라도 적어도 자연과학과는 대척점에 서 있었다. 이 문제와 관련하여 20세기 중엽 영국의 물리학자이자 소설가인 C. P. 스노의 '두 문화' 이론은 시사하는 바 자못 크다. 1956년 그는 영국에서 아주 영향력 있는 케임브리지대의 '리드 강좌'에서 '두 문화'라는 제목으로 강연을 했다. 이 강좌는 몇 해 뒤 단행본 저서 《두 문화와 과학 혁명》(1959)[1]으로 출간되어 나왔다. 이 강의와 단행본은 스노가 1956년 10월 〈뉴 스테이츠먼〉 잡지에 발표한 〈두 문화〉라는 글을 좀더 보강하고 확충한 것이다.

스노의 강좌가 책으로 출판되자마자 대서양 양쪽에서 널리 읽히면서 지식인들을 중심으로 열띤 토론이 벌어졌다. 그러자 스노는 뒤이어 《두 문화와 두 번째 시각》(1964)[2]이라는

---

1 *The Two Cultures and the Scientific Revolution*

2 *The Two Cultures: And a second Look*

책을 출간하였다. 스노는 "현대 사회 전체의 지적인 삶이 인기 있는 두 집단으로 점차 갈라지고 있다"고 주장한다(Snow, 1961: 4). 여기에서 그가 말하는 '두 집단'이나 '두 문화'란 과학자와 인문학자의 문화, 즉 서로 대립적인 두 집단의 담론을 말한다. 그는 현대 사회에서 과학자들과 인문학자들 사이에는 균열이나 간극 또는 적대감이 가로놓여 있다고 지적한다. 그러면서 스노는 과학자와 인문학자 사이의 의사소통 단절이 세계 문제를 해결하는 데 가장 큰 걸림돌이 된다고 역설한다.

그는 특히 그가 '인문학적 지식인들'이라고 부르는 인문학자들의 과학에 대한 무지에 놀라움을 금치 못한다. 그에 따르면 이 같은 무지는 모든 전통적 문화에 대한 '비과학적', 심지어 '반과학적' 경향과 맞닿아 있다. 스노는 인문학자들이 아리스토텔레스, 에우클레이데스, 갈릴레오, 코페르니쿠스, 르네 데카르트, 로버트 보일, 아이작 뉴턴, 존 로크, 임마누엘 칸트 같은 '전통적인' 과학자들이나 과학에 관심 있던 인물에 대해서 잘 모르고 있다고 한탄한다.

전통 문화의 기준에서 보면 교육을 많이 받은 것으로 생각되고

과학자들의 무식함에 신바람이 나서 유감을 표명하는 사람들의 모임에 나는 여러 번 참석한 적이 있다. 한두 차례 도전을 받고 나서, 나는 그들 중 얼마나 많은 사람이 열역학 제 2법칙을 설명할 수 있는지 물어보았다. 그랬더니 그들은 잘 모른다고 냉담하게 반응하였다. 그러나 나는 "당신들은 셰익스피어 작품을 읽은 적이 있습니까?"라는 질문에 해당하는 과학적 질문을 던졌을 뿐이다. (…) 현대 물리학이라는 거대한 건축물이 이렇게 높이 올라가고 있는데, 서양에서 가장 지적인 사람들의 대부분은 물리학을 꿰뚫어 보는 통찰력이 구석기 시대 선조들의 수준에 머물러 있다(Snow, 1961: 14~15).

이 인용문에서도 볼 수 있듯이 스노는 인문학자들의 과학에 대한 무관심이나 무지를 조금 지나치다 싶을 만큼 꾸짖는다. 한편 그는 과학자들의 인문학에 대한 무관심이나 무지도 인문학자들의 과학에 대한 무관심이나 무지 못지않게 심각하다고 지적한다. 한마디로 과학자들과 인문학자들은 서로 다른 문화권, 서로 다른 언어 공동체에 살고 있는 것과 크게 다르지 않다는 것이다. 인문학자들은 열역학 제 2법칙 같은 기초적인 과학 지식이 없는 한편, 과학자들도 토머스 칼라일이

식민지 인도를 내어줄망정 바꾸지 않겠다고 말한 윌리엄 셰익스피어가 누구인지 잘 모른다. 이렇게 과학자와 인문학자 사이의 골이 점차 깊어지면서 공동의 문화가 사라진다면, 학문의 창조적 발전은 말할 것도 없고 하루가 다르게 망가지는 자연과 환경을 지키는 일도 요원할 것이다.

한편 스노가 '두 문화' 이론을 주장한 지 정확히 50년 후 미국의 발달심리학자 제롬 케이건은 스노의 이론에 맞서 이른바 '세 문화' 이론을 주장하여 관심을 끌었다. 스노가 인문학과 자연과학을 양대 축으로 파악한 것에 불만을 품은 케이건은 이 두 학문에 사회과학을 추가하여 문화를 세 축으로 설정한다. 케이건은 ① 자연과학, ② 사회과학, ③ 인문학의 차이점을 모두 9개 범주로 나누어 다룬다(Kagan, 2009). [3] 그중 처음 세 범주를 살펴보는 것으로 충분할 듯하다.

첫 번째 '중심 관심사'를 보면 ①은 모든 자연 현상을 예측하고 설명하는 것, ②는 인간의 행동과 심리 상태를 예측하고

---

[3] 영국이나 미국과는 달리 프랑스에서는 인문학과 사회과학을 엄격히 구분하지 않는다. 프랑스 학계에서는 흔히 '인문사회과학'(les sciences humaines et sociales), 줄여서 'SHS'라고 부른다. 영미 학계와 비교하여 프랑스 학계에서는 인류학과 철학의 경계도 모호하다.

설명하는 것이 목표다. 한편 ③은 사건에 대한 인간의 반응을 이해하고 문화와 역사를 이해하는 데 중심 목표가 있다.

케이건이 제시하는 두 번째 범주는 증거의 중요 원천과 조건의 통제다. ①에서는 물체를 경험적으로 통제하여 관찰한다. ②에서는 맥락을 늘 제어할 수는 없는 조건에서 수집한 행동, 언어적 진술을 연구하며, 생물학적 방법을 사용하는 경우도 있다. 한편 ③에서는 통제가 최소한으로 이루어진 조건에서 수집한 자료를 기반으로 문자로 기록한 텍스트와 인간 행동에서 증거를 찾는다.

케이건의 '세 문화' 이론에서 세 번째 범주는 각각의 문화가 사용하는 중심 어휘와 관련이 있다. ①에서는 의미적·수학적 개념을 핵심 어휘로 삼는다. ②에서는 개인이나 집단의 심리적 특징, 상태, 행동과 관련한 구성 개념에 의존한다. 한편 ③에서는 인간의 행동과 사건과 관련한 개념을 중심 어휘로 사용한다.

스노의 '두 문화' 이론이든 케이건의 '세 문화' 이론이든 어디까지나 서구 중심적이라는 점에서는 크게 다르지 않다. 환경인문학은 자연과학과 인문학의 구분뿐 아니라 한발 더 나아가 서구와 비서구 문화의 간극과 갈등을 극복해야 한다. 좀더 구체적으로 말해서 그동안 서구 문화의 그늘에 가려 제대로 빛을 보지 못하던 동양 문화와 아메리카 토착 원주민 문화에도 관심을 기울여야 한다. 실제로 원주민 토착 문화는 환경인문학이 생겨나고 발전하는 데 큰 영향을 끼쳤을 뿐 아니라 지금 환경인문학에서 중요한 위치를 차지한다.

1980년대부터 환경인문학이 발전한 데는 크게 다섯 가지 이유가 있다. 이 무렵 환경인문학이 싹이 트고 줄기를 뻗어 꽃이 피는 데에는 ① 유동적인 학문 교류 현상, ② '인류세人類世'의 새로운 지질학적 개념, ③ 인류 역사에서 일찍이 유례를 찾아볼 수 없던 심각한 환경 위기나 생태계 위기, ④ 포스트휴머니즘과 ⑤ 내러티브 등 크게 다섯 가지 요소가 비옥한 토양이 되었다.

통학문적 또는 횡단학문적 경향

1980년대를 중심으로 포스트모더니즘이 미국과 서유럽을 마치 성난 폭풍처럼 한바탕 휩쓸고 지나가면서 문학 장르처럼 학문에서도 점차 경계가 허물어지는 현상이 일어나기 시작하였다. 문학 장르든 학문이든 인접 분야와 관련을 맺지 않은 채 독립적으로 홀로 서는 것은 이렇다 할 의미가 없을 뿐 아니라 반동적이고 퇴행적이라는 생각이 널리 퍼졌다. 처음에는 '학제적interdisciplinary'이라는 이름으로 학문과 학문의 간격이 좁혀지면서 교류가 비교적 자유롭게 이루어졌다. 그러더니 상호 교류보다 좀더 적극적인 개념인 '다학적multidisciplinary'이라는 용어가 점차 자리 잡았다. 최근에는 이 두 용어 대신 '통학문적transdisciplinary'이니 '횡단학문적cross-disciplinary'이니 하는 용어를 심심치 않게 듣게 된다. 앞의 두 용어와 비교하여 마지막 두 용어에서는 학문과 학문 사이의 역동적이고 유기적이며 통합적 성격이 좀더 분명하게 드러난다. '통학문적'이나 '횡단학문적'이라는 용어로도 성이 차지 않는지 아예 '포스트학제적post-disciplinary'이라는 용어를 사용하는 학자들마저 있다.

최근에는 학계를 중심으로 '통섭consilience'이라는 용어가 마치 유행어처럼 번졌다. 이 용어를 한두 마디 입에 올리지 않으면 어딘지 시대에 뒤떨어진 듯한 느낌마저 들 정도다. 잘 알려진 것처럼 지식의 통합을 뜻하는 '통섭'은 본디 고대 그리스 시대에 논리적 성찰을 통하여 우주의 본질적 질서를 이해하려는 사상에 뿌리를 둔다. 환원주의의 대립 개념이라고 할

'통섭'이라는 용어는 19세기 중엽 윌리엄 휴얼이 《귀납적 과학의 철학》(1840)이라는 책에서 처음으로 사용하였다. 그러다가 인간을 포함한 동물의 사회적 행동이 진화 과정의 결과로 이루어진 것이라는 판단에 바탕을 둔 사회생물학의 창시자 에드워드 윌슨이 《통섭》(1998)이라는 책을 출간하면서 이 용어는 다시 한 번 크게 유행하기 시작하였다.

이 책에서 윌슨은 '지식의 통합'이라는 부제에 걸맞게 자연과학, 사회과학 그리고 인문학을 함께 아우르는 통합적 학문체계를 구축하려고 시도한다. 《통섭》의 첫 부분에서 윌슨은 "세계가 진정으로 지식의 통섭을 장려하는 식으로 작용하다면 문화의 영역이 결국에는 과학(즉, 자연과학)과 인문학(특히 창조적 예술)으로 전환될 것이라고 나는 믿는다. 자연과학과 인문학의 두 영역은 21세기 학문에서 거대한 두 영역이 될 것이다"라고 지적한다(Wilson, 1998: 12). 윌슨의 통섭 이론을 두고 영국 철학자 사이먼 크리칠리는 C. P. 스노가 말한 '두 문화' 논쟁을 또다시 표면화한 것이라고 지적한다.

지식과 학문의 파편화를 지양하고 통합을 목표로 삼는 통섭은 그 어느 때보다 환경 위기나 생태계 위기를 피부로 느끼는 21세기에 이르러 더욱 힘을 얻고 있다. 오늘날 인류가 직면해 있는 환경 위기나 생태계 위기는 이제 생태학 한 분야만의 몫이 아니기 때문이다. 이러한 위기를 극복하기 위해서는 학문이나 학문 사이에 유기적인 협력이나 협조가 무엇보다도 절실하다. 생태학이 속해 있는 자연과학 분야는 말할 것도 없고 사회과학이나 인문학에 종사하는 사람들이 서로 함께 힘을 모으고 지혜를 짜내지 않고서는 오늘날의 위기를 극복하기란 여간 어렵지 않다.

환경인문학은 학문과 학문 사이의 유기적 관계 못지않게 국가와 국가, 민족과 민족의 연대를 소중하게 생각한다. 환경 문제는 전 지구적 문제이어서 어느 특정 국가만으로는 해결할 수 없기 때문이다. 제 1세계 국가는 제 3세계 국가와 비교하여 환경 위기에서 자유로운 것 같지만 실제로는 반드시 그렇지만도 않다. 앞에서 대서양에 침몰한 타이타닉호를 언급했지만, 지구촌의 모든 주민은 지구호라는 한 배에 타고 있다. 위기를 시기적으로 조금 빨리 겪느냐 조금 늦게 겪느냐 하는 차이가 있을 뿐 지구호에 타고 있는 한 인류는 공동 운명의 길을 갈 수밖에 없다. 그래서 미국을 비롯하여 오스트레일리아와 서유럽과 북유럽, 심지어 공해 왕국으로 악명 높은 중국에서도 환경인문학에 직접 또는 간접 참여한다.

환경인문학은 학문과 학문 사이, 국가와 국가 사이의 경계를 허물 뿐 아니라 한발 더 나아가 아카데미즘과 저널리즘 사이의 벽, 대학이나 연구 기관과 외부 세계 사이의 벽을 허문다. 예를 들어 환경인문학에서 박물관이나 미술관이 차지하는 몫은 전보다 훨씬 크다. 이곳에서는 단기적으로는 대화나 토론 또는 강연 등을 통하여 대중과 소통하고, 좀더 장기적으로는 자료를 수집하고 전시회 등을 개최할 수 있다. 환경인문학은 무엇보다도 환경 문제와 관련하여 일반 대중과의 소통과 교감을 소중하게 생각한다. 한마디로 환경인문학이 추구하는 지식은 추상적이고 관념적인 지식이 아니라 실제 생활에 '유용한' 지식이다.

인류세의 대두

환경인문학이 태어나는 데 두 번째 산파 역할을 한 것은 1980년대에 새롭게 대두된 '인류세Anthropocene, 人類世'의 개념이다. 실제로 환경인문학은 인류세와 깊이 맞닿아 있다. 지질시대의 공식 기준으로 아직 인정받지는 않았어도 인류세는 지질학의 차원을 뛰어넘어 이제는 환경 문제에 관심 있는 모든 사람에게 큰 의미가 있다. 잘 알려진 것처럼 인류세란 미국의 생물학자 유진 스토어머와 네덜란드 출신의 대기 화학자로 노벨 화학상을 받은 파울 크루첸이 21세기의 첫 문을 여는 2000년 맨 처음 제시한 새로운 지질시대를 말한다. 특히 크루첸은 2002년 인구 증가와 경제 발전에 따른 전 지구적 환경효과로 말미암아 인류는 마침내 홀로세Holocene에 종지부를 찍고 인류세로 진입했다고 주장하여 관심을 끌었다(Crutzen & Stoermer, 2000: 17~18). 4 환경 정의와 관련하여 '느린 폭력' 이론을 주장한 로버트 닉슨은 인류세야말로 '획기적 관념'이라고 높이 평가한다. 인류세는 과학계에서 유행처럼 퍼져 나가더니 지금은 환경 문제를 언급할 때면 약방의 감초처럼 자주 입에 올리는 표현으로 자리 잡았다.

'인신세人新世'라는 용어에서도 볼 수 있듯이 인류세는 약 1

---

4 인간의 지력을 믿는 크루첸과 스토어머는 환경 위기나 생태계 위기를 비교적 낙관적으로 보는 반면, 《총·균·쇠》의 저자 재러드 다이아몬드는 《문명의 붕괴》(2005)에서 이 문제를 비관적으로 본다. 다이아몬드를 비판하는 사람들은 제국, 즉 문명은 비록 붕괴할지 몰라도 인류는 계속 살아남아 엄청난 역경에서 다시 살아갈 방법을 찾을 것이라고 주장한다. 그러나 제국이 붕괴하는데 제국의 주민이 살아간다는 것은 이치에 잘 들어맞지 않는다.

만 년 전부터 현재까지의 홀로세 이후의 지질시대를 말한다. 홀로세 중에서 인류가 지구 환경에 큰 영향을 끼친 시점을 인류세의 시작으로 잡는다. 그런데 인류세가 시기적으로 과연 언제 시작되었는지 그 정확한 시점에 대해서는 학자들 사이에서 아직도 서로 의견이 엇갈린다. 가령 어떤 학자들은 7~8천 년 전 수렵 사회에서 농경 사회로 접어들면서 인류가 지구 환경을 바꾸었다고 지적한다. 크루첸과 얀 잘라시에비치는 이산화탄소가 증가한 대기 변화를 기준으로 삼아 산업혁명이 일어난 18세기 말엽을 그 출발점으로 잡는다.

한편 다른 학자들은 인류 역사에서 최초로 핵실험이 실시된 1945년을 인류세의 출발점으로 본다. 특히 제2차 세계대전 이후 자본주의와 산업화가 급속하게 진행되면서 지구 환경은 더더욱 악화일로를 걸었다. 또 어떤 학자들은 인류세의 시작을 좀더 뒤로 잡아 인류가 콘크리트와 플라스틱 등을 대량으로 사용한 시기로 간주한다. 그런가 하면 심지어 한 해 600억 마리가 소비되는 닭고기의 뼈를 인류세의 기준으로 삼으려는 학자들마저 있다.

인류세가 언제 시작되었는지, 그 개념과 성격이 과연 정확하게 무엇인지는 그렇게 중요하지 않다. 다만 여기서 중요한 것은 인류가 어떻게 인류세에 계속 살아남을 수 있느냐 하는 점이다. 홀로세가 얼마나 진행되었든, 인류세가 언제 시작되었든 20세기에 들어와 지구 환경이 이전과 크게 달라진 것만은 틀림없다. 그렇다면 환경인문학과 인류세는 서로 떼어서 생각할 수 없을 만큼 깊이 관련될 수밖에 없다.

시기적으로 보더라도 환경인문학은 인류세의 개념이 나온 때와 거의 비슷한 시기에 시작되었다. 인류세의 개념은 또 다른 유형의 인간중심주의적 자만심으로 볼 수 없다. 환경인문학과 관련하여 인류세의 진정한 의미는, 인간이 오늘날 환경 위기의 주범이라면 그것을 해결할 연구나 정책도 인간 사회와 그 근본 기능에 초점을 맞추어야 한다는 점에 있다. 제데디아 퍼디는 《자연 이후》(2015)[5]에서 "인류세라는 용어는 인간과 자연 세계의 친근한 구분이 이제 더 유용하거나 정확하지 않다고 인정하는 데서 가장 잘 드러난다. 상층 대기권에서 심해에 이르기까지 우리 인간이 모든 것을 결정하기 때문에 자연은 이제는 더 인간과 떨어져 있지 않다"고 잘라 말한다 (Purdy, 2015: 2).

---

5 *After Nature*

학자들의 인식 변화

환경인문학이 태어나는 데 세 번째 역할을 한 것은 일부 자연
과학자들 사이에서 일어난 인식의 변화나 전환이다. 1980년
대에 이르러 자연과학만으로는 오늘날 인류가 겪는 환경 위기
나 생태계 위기를 해결할 수 없다는 생각이 몇몇 자연과학 연
구자를 중심으로 퍼지기 시작하였다. 근본적으로 새로운 접
근방법을 도입하지 않고서는 인류뿐 아니라 생태계 자체를 위
협하는 심각한 위기를 도저히 해결할 수 없다는 인식에 이르
렀다. 이러한 인식은 자연과학자들은 말할 것도 없고 인문학
자들과 사회과학자들도 마찬가지였다.

'인류세'의 개념을 처음 제시한 크루첸과 스토어머는 이 새
로운 개념을 인류가 직면한 엄청난 도전으로 간주한다. 그러
면서 "인간이 만든 위기에 맞서 생태계의 지속성을 위해 전 세
계적으로 공인된 전략을 개발하는 것은 인류에게 엄청난 미래
임무 중 하나가 될 것이다. 그러기 위해서는 집중적인 연구
노력과 지금까지 습득한 지식을 현명하게 적용하는 것이 요구
된다"고 천명한다(Crutzen & Stoermer, 2000: 18). 그로부터
16년 뒤 스웨덴 왕립과학기술원KTH 교수 스베르커 쇠를린과

캐나다의 그레이엄 윈은 크루첸과 스토어머의 주장을 다시 한 번 구체적으로 밝힌다. 쇠를린과 윈은 〈아카데미의 불과 얼음〉이라는 논문에서 인문학과 사회과학의 참여를 역설한다.

과학은 지금까지 이렇게 복잡한 변화의 증거를 제공하고 그 뒤에 숨어 있는 메커니즘의 일부를 확인해 왔다. 과학은 우리 모두가 반응할 시간적 여유도 별로 없이 지금 지구 최후 같은 시나리오에 직면해 있다는 사실을 보여 주어 왔다. 그래서 변화가 절실하다 — 그러나 문제를 해결하는 데 필요한 과학은 우리의 생활방식을 변화시키는 데 필요했던 것과 동일한 지식이 아니다. 과학과 기술의 혁신에는 반드시 사회적 혁신이 수반되어야 한다. 필요한 행동을 취하기 위해서는 사람들과 관계를 맺어야 하고 그들의 가치, 열정, 일상, 제도, 선택, 정치, 문화, 신념과 자극과 관계를 맺어야 한다. 또한 그들의 명예심, 배려와 이성, 어쩌면 무엇보다도 정의 — 개인, 사회 집단, 지역과 영역 사이의 정의, 민족과 국가 사이의 정의를 둘러싼 문제 접근과 관계를 맺어야 한다. 바로 여기에 통합적 인문학과 환경과 관련한 사회과학, 그리고 인문학이 문제 해결에 도움을 줄 수 있다(Sörlin & Wynn, 2016: 14~15).

쇠를린과 윈은 자연과학 지식만 가지고서는 종말을 향하여 치닫고 있는 지구를 구출해 낼 수 없다고 분명히 밝힌다. 그들은 지금까지 과학이 자연의 변화와 그 메커니즘의 일부를 밝혀내는 데는 성공을 거두었을지 몰라도 환경 문제를 근본적으로 해결하는 데는 실패했다고 솔직히 인정한다. 그러면서 그들은 인문학자들과 사회과학자들에게 자연과학자들과 함께 문제를 풀어나가자고 제안한다. 자연과학자들은 이제 환경 문제의 해결이 단순히 과학적 과제일 뿐 아니라 더 나아가 정치적이고 문화적 과제라는 사실을 깨닫기 시작하였다. 실제로 인문학은 환경 문제를 해결하는 데 우리가 흔히 생각하는 것보다 훨씬 큰 역할을 할 수 있다. 환경 문제를 다루면서 계몽주의, 서구 산업화, 제국주의, 자본주의 같은 문제를 따로 떼어서 생각할 수 없기 때문이다.

쇠를린과 윈이 자연과학자의 입장에서 인문학과 사회과학의 참여를 유도했다면, 영국 케임브리지대 역사학자 존 H. 플럼은 동료 인문학자들에게 종래의 학문적 태도에서 벗어날 것을 촉구하였다. 쇠를린과 윈보다 무려 50여 년 앞서 플럼은 앞서 언급한 C. P. 스노의 '두 문화' 이론에 대한 반응으로 집필한 《인문학의 위기》(1964) **6**에서 인문학이 ① 지나치게 전

문화되어 있고, ② 편협하고 고립되어 있으며, ③ 다른 분야 학자들이 이해하기 어려운 전문용어를 사용하고, ④ 사회와 직접 유기적인 관계를 맺고 있지 않으며, ⑤ 공통적인 목적의식이 희박하다고 날카롭게 비판한다. 특히 플럼은 인문학자들이 다른 과학과 기술 분야에 무관심하다고 지적한다. 그는 동료 인문학자들에게 "과학과 기술이 지배하는 사회의 요구에 부응하든지, 아니면 하찮은 사회적 관심사로 물러나든지" 하라고 양자택일을 강요한다(Plumb, 1964: 8). 이러한 도전에 응전이라도 하듯이 미국의 인문학자 도나 해러웨이는 비판적 페미니즘을 자연과학과 결합하여 '사이보그' 이론을 전개하였다. 이 밖에도 여러 인문학자들이 신유물론을 비롯하여 원주민의 토착문화 연구, 새로운 형태의 포스트식민주의 비평, 동물 연구, 성소수자 생태학 같은 이론을 주창하기에 이르렀다.

이렇듯 환경인문학자들은 환경 문제란 본질적으로 인간과 관련한 문제라고 생각한다. 인간과 관련한 문제인 이상 환경은 단순히 자연과학의 문제가 아니라 더 나아가 인문학과 사회과학의 문제라고 믿는다. 그동안 독자적인 영역을 차지하

6   *Crisis in the Humanities*

던 세 학문 분야가 서로 힘을 합치지 않고서는 환경 문제를 해결할 수 없다고 생각한다는 점에서 자연과학자들과 인문학자들, 사회과학자들은 어느 정도 의견이 일치한다. 쇠를린과 윈이 여러 영역에서 일어나는 정의 문제를 언급했지만 환경인문학은 환경 정의를 비롯하여 빈곤, 환경 문제의 역사적 맥락과 문화적 맥락, 지식과 이해와 행동의 간극, 그리고 의미와 가치와 관련한 여러 문제에 관심을 기울인다. 이러한 문제는 자연과학보다는 인문학과 사회과학이 좀더 효과적으로 대처할 수 있다.

이밖에도 환경인문학은 비판적 사고와 창의적 사고, 통합적 사고 등에서 자연과학에 기여할 수 있다. 얼핏 사소한 것처럼 보일지 모르지만 위기를 무릅쓸 각오와 모험 정신, 모순과 복잡성을 받아들이는 태도도 인문학의 중요한 특성으로 꼽을 만하다. 단순한 이분법이나 상대주의를 뛰어넘는 진정한 의미의 관계적 지식과 전일적 연구, 다양한 관점, 내면 성찰도 인문학의 소중한 자산이다. 이러한 특성은 하나같이 그동안 자연과학 연구에서 사용해 온 패러다임을 더욱 발전시키거나 기존의 패러다임을 대체하는 데 필수적으로 작용할 것이다.

2장

환경인문학의 개념

몇십 년 전부터 '인문학의 위기'라는 용어를 심심치 않게 들어 왔다. 이보다 한발 더 나아가 이제는 '인문학의 종말'을 입에 올리는 단계에 이르렀다. 미국의 한 영문학자는 인문학이 폐결핵에 걸린 빅토리아 시대 소설의 여주인공처럼 시름시름 앓으며 죽어가고 있다고 말한다. 구글 검색 엔진에 '인문학의 위기'라는 용어를 치면 무려 10만여 개 항목이 뜬다. 그만큼 이 문제는 이제 인문학자들은 말할 것도 없고 사회과학자들과 자연과학자들, 심지어 일반 대중에게도 관심을 받는다. 인문학이 뒷전으로 밀리면서 과학과 기술이 인류 미래를 선도하고 사회과학이 보조 역할을 한다는 생각이 널리 퍼져 있다.

서양은 물론 동양에서조차 그동안 학문 연구는 주로 '스템 STEM'으로 일컫는 분야를 중심으로 이루어져 왔다. 여기서 '스템'이란 '과학science, 기술technology, 엔지니어링engineering, 수학mathematics'의 머리글자를 따온 명칭이다. 학생과 교수 할당에서 연구 기금에 이르기까지 이 네 분야가 지난 몇십 년 동안 학문의 왕자로 군림해 왔다. 그래서 문학과 예술을 비롯한 인문학은 들어설 자리를 잃고 뒷전으로 밀릴 수밖에 없었다. 그러다가 환경 위기란 비단 물리적 환경 문제일 뿐 아니라 더 나아가 문화적 환경과 사회적 환경 문제기도 하다는 사실이 학자들을 중심으로 점차 확산되기 시작하였다. 그래서 'STEM'에 예술arts 분야를 하나 더 추가한 'STEAM'에 대한 관심이 부쩍 늘어났다. 여기서 '예술'이란 언어 예술인 문학을 비롯하여 시각 예술, 댄스, 음악, 연극, 디자인, 사진, 뉴미디어를 포함하는 인문학 전반을 가리키는 일종의 제유적 표현이다.

때늦은 느낌이 없지 않지만 예술과 문학을 비롯한 인문학도 이제 학문의 대열에 동참하게 되었다. 어떤 의미에서는 그동안 주변부에 머물러 있었다는 것이 인문학에게는 오히려 긍정적으로 작용하였다. 인문학은 고립과 소외 속에서 성찰하고 반성함으로써 나름대로 새로운 단계의 지적 세련과 성숙을 이룩했기 때문이다. 인문학만큼 그렇게 '선회'를 겪은 학문 분야도 찾아보기 쉽지 않다. 가령 '언어적 선회'를 비롯하여 '구조주의적 선회', '포스트모던 선회', '페미니즘 선회', '포스트식민주의 선회', '언어적 선회', '유물론 선회' 등 하나하나 손꼽기 어려울 정도다. 이것은 인문학이 그만큼 자기반성을 되풀이해 왔다는 것을 뒷받침한다.

한편 그동안 환경 문제와 관련하여 인문학에서 독립적으로 활동하던 학자들도 1990년대부터 '환경인문학'이라는 새로운 깃발 아래 한데 모이기 시작하였다. 환경인문학은 말하자면 단일한 특정 범주라기보다는 다양한 하부 범주를 포괄하는 우산과 같은 개념이다. 언어학이나 논리학에서 말하는 용어를 빌려 말하자면 환경인문학은 상위 개념인 반면 문학생태학, 생태비평, 에코페미니즘, 환경철학과 윤리, 환경종교학, 환경역사, 사회생태학, 환경사회학, 정치생태학, 비판 동물 연구, 토착 원주민 연구, 퀴어 생태학, 생태 유물론, 포스트휴머니즘 등 환경과 관련한 인문학 분야는 하위 개념이다. 한마디로 환경인문학은 이러한 인문학의 분과학문을 두루 포섭하는 메타학문으로 볼 수 있다.

인문학의 부상

자연과학자들은 말할 것도 없고 심지어 사회과학자들마저 그동안 인문학을 그다지 탐탁지 않게 생각했다. 인문학자들이 문제 해결에 도움을 주기는커녕 오히려 문제를 복잡하게 만든다고 생각해 왔기 때문이다. 그래서 인문학은 기껏해야 다른 학문을 보조하거나 자문하는 비본질적 역할을 하였다. 그러나 이러한 태도는 인문학의 본질을 오해하는 데서 비롯한 편견이다. 인문학자들은 대중이 쉽게 접할 수 있는 저서를 집필하거나 라디오나 텔레비전 또는 유튜브 채널 같은 대중매체를 통하여 대중과 쉽게 소통할 수 있다. 다시 말해서 그들에게는 연구 결과나 지식을 권력으로 바꾸는 놀라운 힘과 수단이 있다. 더구나 인문학자들은 대중을 단순히 연구 대상으로 삼을 뿐 아니라 지식 생산의 참여자로 간주하기도 한다.

환경 위기나 생태계 위기에 직면한 인문학자들이 전공 분야별로 환경 문제에 관심을 기울이기 시작한 것은 1970년대부터다. 이 무렵부터 줄잡아 10년 간격을 두고 환경과 관련한 분과학문이 모습을 드러내기 시작하였다. 가령 환경철학이 1970년대, 환경역사가 1980년대, 문학생태학이나 생태비평이 1990년대에 이르러 본격적으로 자리 잡았다. 이 무렵 인문학자들은 하루가 다르게 심각해지는 환경 문제를 자연과학자들과 사회과학자들, 정책입안자들에게만 맡길 수 없다고 생각하였다.

한편 자연과학자들이나 사회과학자들, 정책입안자들도 이제 인문학적 통찰을 무시하거나 도외시할 수 없게 되었다. 지금까지 대학에는 인문학이 학문 연구라는 혈관에서 혈액 순환에 이렇다 할 도움을 주지 않았다는 생각이 널리 퍼져 있었다. 오히려 혈전 같은 방해물로 보는 경우가 많았다. 그러나 환경 위기나 생태계 위기가 하루가 다르게 절박해지고 자연과학이나 사회과학만의 힘으로는 이를 극복하기 어렵다는 생각이 확산되면서 이러한 편견이 조금씩 사라지기 시작하였다.

실제로 20세기 중엽에 들어와 자연과학은 기본 원칙이나 세계관을 바꾸면서 그동안 인문학에 좀더 가깝게 접근하려고 노력하였다. 예를 들어 지난 몇십 년 동안 ① 원자론에서 연관성으로, ② 확실성에서 불확실성으로, ③ 객관성에서 주관성으로, ④ 연역법에서 귀납법으로, ⑤ 보편적 지식에서 상황적 지식으로, ⑥ 계급질서에서 탈중심적 네트워크로, ⑦ 구조에서 운동으로 조금씩 이행하였다. 객관성과 엄밀성을 목숨처럼 소중하게 생각해 온 자연과학에서 일어난 이러한 변화는 가히 '코페르니쿠스적 전환'이나 '패러다임의 전이'라고 할 만하다.

그러나 자연과학은 좀더 급진적으로 그동안 인문학 분야에서 이루어낸 성과와 방법론을 적극적으로 받아들여 자연과학의 인문학화를 꾀할 필요가 있다. 엄밀성과 객관성의 굴레에서 벗어나 좀더 '인간의 모습을 한 과학'이 되어야 한다. 언어 사용으로 좁혀 말한다면 자연과학자들도 인문학자들처럼 단순히 지식이나 정보를 주는 방식으로 언어를 구사할 것이 아니라 독자들에게 감동과 설득력을 주는 방식으로 언어를 구사해야 한다. 최근 들어 자연과학자들 중에는 언어 사용이나 문체에서 인문학자들 못지않은, 어떤 면에서 그들을 능가하는 사람들이 더러 있다.

이렇게 인문학은 인문학대로 자연과학 쪽으로 한 걸음 다가가고, 자연과학은 자연과학대로 인문학 쪽으로 한 걸음 다가가야 한다. 인문학이 없는 자연과학이란 영혼이 없는 육체와 같다고 해도 크게 틀리지 않다. 인문학은 자연과학에 방향과 목표를 제시해 줄 수 있다. 마찬가지로 자연과학의 도움을 받지 않는 인문학이란 구름을 잡는 것처럼 공허할 수밖에 없다. 인문학과 자연과학은 마치 수레를 끄는 두 바퀴와 같아서 어느 한쪽이 없으면 나머지 바퀴도 움직일 수 없다. 두 바퀴가 함께 움직일 때 비로소 수레는 앞으로 나아갈 수 있다.

물론 인문학은 연구 목표, 관심사, 방법, 절차, 태도 등에서 사회과학이나 자연과학과는 적잖이 차이가 난다. 자연과학은 주로 계량적 통계자료나 컴퓨터 시뮬레이션 모델, 또는 체계 이론에 기반을 둔 분석에 의존한다. 한편 질적·정성적 자료에 의존하는 인문학은 다양한 지식 형식과 재현을 추구한다. 가령 철저한 사례 연구나 연극, 예술 작품 전시회, 음악회 등이 그 좋은 예다. 지식과 연구의 맥락화, 관계적 지식, 상황적 지식, 상대주의, 전일적이고 통합적인 연구, 다원주의적 연구 방법, 역사적 문화적 사회적 기본 개념에 대한 성찰, 위험을 무릅쓰는 도전 정신도 인문학의 가장 중요한 장점으로 꼽힌다.

최근 들어 그동안 가로놓여 있던 인문학과 자연과학 사이의 장벽을 허무는 데 앞장 선 학자들이 적지 않다. 가령 아스트리다 네이마니스를 비롯한 몇몇 학자들은 "만약 인간의 관념·의미·가치가 '저기 밖에 있는 환경'을 형성하는 데 크게 영향을 미치고, 또 형성 과정에서 환경의 영향을 받는다면, 전통적으로 자연과학과 기술에 속한 문제들은 마찬가지로 인문학의 문제다"라고 지적한다(Neimanis & Åsberg & Hedrén, 2015: 71~72). 그들에 따르면 문화적 가치와 사회적 실천, 특히 환경적 실천에 영향을 끼치는 '사회문화적 상상'을 무시한 채 자연과학이 제시하는 환경 문제 해결책은 불완전할 수밖에 없다. 환경인문학은 자연과학이 연구한 자료를 사회문화적 담론으로 효과적으로 바꾼다. 그렇게 함으로써 대중의 관심을 끌 뿐 아니라 정책입안자들이나 경제행위자들을 설득할 수 있다.

여기서 잠깐 1977년 비평형 열역학, 특히 소산 구조론 연구에 공헌한 점을 인정받아 노벨 화학상을 받은 일리야 프리고진과 1950년대 경구 피임약을 최초로 개발한 화학자 칼 제라시를 짚고 넘어가는 게 좋겠다. 러시아에서 태어나 벨기에에서 활약한 물리학자 프리고진은 '내러티브 요소'가 과학에서 필수적이라고 주장하였다. 펠릭스 가타리는 《세 가지 생태학》(2000)에서 프리고진과 브뤼셀학파의 철학자 이사벨 스텐거스가 물리학에 '내러티브 요소'를 도입했다고 언급한다. 그러면서 가타리는 이 두 과학자가 비가역성의 관점에서 진화를 이론화하는 데 내러티브를 필수적인 요소로 간주했다는 점을 높이 평가한다(Guattari, 2000: 40). 한편 오스트리아 태생의 미국 화학자 제라시는 프리고진과 스텡거스보다 한발 더 나아가 과학적 패러다임에서 벗어나기 위하여 희곡과 소설을 직접 집필하였다. 제라시는 이러한 문학 작품을 '허구로 쓴 과학'이라고 부른다.

이러한 경향을 반영이라도 하듯이 지금 영국에서 과학과 문학을 결합하려는 프로젝트가 진행 중이다. 영국의 저널리스트로 그동안 환경운동에 앞장서 온 폴 킹스노스와 두걸드 하인의 활동이 바로 그것이다. 2009년 두 사람은 '반문명: 다크 마운틴 선언'을 발표하면서 '다크 마운틴 프로젝트'를 발족하였다. 마땅한 한국어 상응어가 없어 영어 'uncivilization'을 그냥 '반문명'으로 옮겼지만 '탈문명'이나 '비문명'의 뜻으로, 문명사회를 거부하고 다시 원시시대나 야만시대로 되돌아가려는 태도를 말한다. 킹스노스와 하인은 인류는 지금 생태계의 붕괴, 물질의 축소, 사회적·정치적 혼란을 겪고 있다는 데 공감한다. 그들은 기후 변화 같은 환경 위기를 과학과 기술로 해결하는 것은 불가능하다고 주장한다. 그러면서 그들은 '진보'의 개념 그 자체를 다시 평가해야 한다고 제안한다. 환경 문제에 대한 정치적 행동 대신 상상력과 창조성의 영역에서 활동하는 작가들과 예술가들에게 주목해야 한다고 지적한다. 그들의 계획에 따르면 불투명하고 암울한 미래에 비전을 제시해 줄 수 있는 사람들은 다름 아닌 문학가들과 예술가들이다. 그들은 해마다 두 차례 '반문명적인' 시와 소설 작품을 수록한 책을 발간한다.

킹스노스와 하인은 선언문에서 "다크 마운틴 프로젝트는 우리의 문명이 말하는 바를 이제 더는 믿지 않는 작가들과 예술가들과 사상가들의 네트워크다. 우리는 장소, 시간, 자연에 뿌리를 두는 글과 예술과 문화를 만들어내고 추구할 것이다"[1]라고 천명한다. 물론 허무주의적이라느니 종말론적이라느니, 그야말로 반문명적이라니 하는 비판을 받기도 하지만 이 프로젝트는 나름대로 의미가 있다. 이제는 더 이상 자연과학자들과 정책입안자들에게만 환경 문제를 맡길 수 없고 문학가들과 예술가들과 사상가들이 나서야 한다는 절박성을 느낄수 있다.

이러한 절박성을 느끼는 것은 사진가들도 마찬가지다. 캐나다 사진 예술가 에드워드 버틴스카이는 '제조된 풍경 시리

---

1 https://dark-mountain.net/about/manifesto/

즈'(2004~2007)에서 광산업자들이 자연을 어떻게 훼손하는지 시각적으로 생생하게 보여 준다. 공중에서 촬영한 광산의 모습은 얼핏 아름답게 보이는 주변 모습과는 달리 실제로는 상처투성이의 '죽은' 풍경이다.

이러한 죽은 풍경에서 볼 수 있듯이 무분별한 광산 개발로 지구가 모두 망가져 더 이상 인간이 살 수 없는 황무지로 변할 때, 인간이 사라져 버린 '집'이요 '고향'인 지구를 그리워하는 감정이나 실존적 불안은 어떠할까? 오스트레일리아의 철학자 글렌 알브레히트는 그러한 감정이나 불안을 '솔라스탤지어 solastalgia'라고 부른다. 우리가 태어나 자란 고향에 대한 그리움이 '노스탤지어'라면 급격한 환경 변화로 상실한 우주에 대한 향수가 바로 솔라스탤지어인 셈이다. 물론 돌이킬 수 없을 만큼 파괴된 지구에 대한 향수는 비단 무분별한 광산 때문만은 아니다. 지구 전체에 엄청난 영향을 끼치는 기후 변화와 COVID-19 같은 대유행병을 비롯하여 화산 폭발, 지진, 폭풍우, 가뭄 등도 얼마든지 그 원인이 될 수 있다. 한편 과거 사건이 아닌 앞으로 다가올 미래의 환경 변화에 대한 두려움은 '에코불안 eco-anxiety'이라고 부른다.

환경인문학에서는 문학과 미술 못지않게 영화가 차지하는

몫도 적지 않다. 제프 니컬스가 감독을 맡고 마이클 섀넌과 제시카 채스테인이 주연을 맡은 〈테이크 쉘터〉(2011)는 에코 불안을 보여 주는 좋은 예로 꼽을 만하다. 미국 오하이오주 시골 마을에서 한 여성의 남편이자 한 아이의 아버지로 성실한 삶을 살고 있던 커티스는 어느 날부터인가 악몽에 시달리기 시작한다. 평온했던 그의 일상은 악몽으로 말미암아 모두 깨뜨려진다. 커티스에게 찾아온 악몽이 점점 현실 속으로 침투해 오면서 그는 임박한 위험으로부터 가족을 지켜내야 한다는 사명감으로 뒷마당에 방공호를 만들기 시작한다. 이상한 그의 행동을 이해하지 못하는 아내와 동료들은 그를 외면하기에 이른다. 이 영화는 노아가 방주를 만들었을 때 가족과 주변 사람들은 보여 준 반응을 21세기에 그대로 옮겨놓은 것과 같은 작품이다.

20세기 중반부터 온갖 사고가 발생하여 지구촌 주민들을 불안에 떨게 하였다. 예를 들어 1940년대부터 1952년까지 미국의 후커케미컬 화학회사가 미국의 뉴욕주 나이아가라 폭포 부근에 2만여 톤의 유독성 화학 폐기물을 매립하여 생긴 러브 커넬 사건, 1984년 인도 마디아프라데시주 보팔에서 미국의 다국적 화학약품 제조회사 유니언 카바이드 현지 화학공장의 유독가스 누출 사고, 1986년 소련의 체르노빌 발전소의 원자로 폭발 사고, 1989년 유조선 엑슨발데즈가 미국 알래스카주 프린스 윌리엄만에서 좌초되면서 적하한 원유를 유출한 사건, 2010년 브리티시 페트롤리엄BP 회사가 멕시코만에 막대한 양의 원유를 유출한 사건, 2011년 일본 도호쿠東北 지방 태평양 해역 지진에서 비롯한 후쿠시마福島 제1원자력 발전소 사고, 그리고 최근 COVID-19 범유행 등 열 손가락으로는 모자랄 만큼 지구 환경과 생태계를 위협하는 큰 사건들이 잇달아 일어났다. 이 또한 영화 제작자들과 감독들에게는 좋은 소재가 될 것이다.

러시아의 작가 스베틀라나 알렉시예비치는 체르노빌 사건의 생존자들과 3년 동안 인터뷰를 하였다. 그녀가 인터뷰한 사람 중에는 원자력 발전소에서 근무하던 노동자와 직원, 사건이 일어난 수습에 투입된 소방서 대원, 의사, 교사, 과학자, 소련 공산당 관료 등이 두루 포함되어 있었다. 이 인터뷰를 기초로 그녀는 《체르노빌의 목소리》(2006) 2라는 책을 출간하였다. 알렉시예비치는 이 책에서 "나는 미래를 기록하는

---

2 *Voices From Chernobyl*

듯한 느낌이 들었다"고 고백한다. 그러면서 이 끔찍한 사건을 목격한 사람들은 "다른 사람들이 여전히 알지 못하는 것을 이미 보았다"고 말한다. 저자가 인터뷰한 한 문학 교사는 "나는 죽음에 대하여 너무 자주 들어 온 나머지 이제는 더 죽음을 눈여겨보지 않게 되었다"고 회고한다(Alexievich, 2006: 236).

그런데 여기서 한 가지 주목해 보아야 할 것은 인터뷰에 응한 한 문학 교사가 체르노빌 사건 이후 학생들이 선호하는 문학 장르를 언급한다는 점이다. 그 교사는 학생들이 이제는 더 문학 정전에 속하는 고전적인 작품을 읽으려고 하지 않는다고 밝힌다. 인류 역사에서 유례를 찾아보기 힘든 끔찍한 사건을 겪고 가까스로 살아남은 그들에게 고전 작품들은 이렇다 할 의미나 감흥을 주지 못하기 때문이다. 이 점과 관련하여 알렉시예비치는 교사가 "이제 그들 주위에는 전혀 다른 세계가 전개되어 있다. 그들은 판타지 소설을 읽는데, 재미가 있을 뿐 아니라 사람들이 지구를 떠나고 우주적 시간과 다른 세계에 살고 있기 때문이다"라고 한 말을 전한다(Alexievich, 2006: 115). 실제로 몇몇 문학 비평가들은 전 지구적 환경 파괴에 따라 문학에서 재현의 관례나 전통, 내러티브의 구성 자체에 변화가 일어나기 시작했다고 지적한다.

환경 위기나 생태계 위기의 심각성을 환기시키려는 움직임은 문학과 영화뿐 아니라 건축 분야에서도 엿볼 수 있다. 가나 출신의 영국 건축가 데이비드 아드제이는 허리케인 카트리나 이후 뉴올리언스에 저가 주택을 설계하고 남부 영국의 해안 포틀랜드섬에 '대량멸종 기념 관측소MEMO'를 건설하였다.

첫 번째 계획은 2005년 아드제이가 미국 남동부를 강타한 초대형 허리케인 카트리나를 염두에 두고 설계한 것이다. 카트리나 같은 강력한 허리케인을 예방하기 위한 건축 설계일 뿐 아니라 환경 위기의 심각성을 일깨우는 설계다. 이 설계와 관련하여 로버트 S. 에밋과 데이비드 E. 나이는 "카트리나와 리타 이후 심각한 환경 정의, 시스템의 부패, 부실한 제방 유지, 서투른 긴급 재난 조치와는 대조적으로 그러한 재건축 계획은 생태적 적응과 긍정적인 환경 정의를 보여 준다"고 평가한다(Emmett & Nye, 2017: 107).

아드제이의 두 번째 계획 '대량멸종 기념 관측소' 역시 환경 및 생태계 위기와 직접 관련이 있다. 이 관측소 계획의 영문 약자 'MEMO'처럼 아드제이는 그곳을 방문하는 사람들에게 지구에서 이미 사라진 생물종에 대한 '기억'을 새롭게 하려고 한다. 이 건물은 멸종 생물을 조각한 작품을 전시하는 전시장, 강연장 등을 갖추고 있다. 이 관측소를 건립하는 데 필요한 자금 모집에 개미 생태계를 전공한 생물학자로 흔히 사회생물학의 아버지로 일컫는 에드워드 O. 윌슨과 영국의 동물학자이자 방송인인 데이비드 애튼버러 경卿, 그리고 가이아 이론의 창시자 제임스 러브록 등이 참여한 것만 보아도 이 계획이 환경 문제와 깊이 연관되어 있음을 쉽게 알 수 있다.

'느린 학문'으로서의 인문학

여러 학문 분야 중에서도 그동안 '느린 학문'으로 별다른 관심을 받지 못하던 인문학이 이렇게 새롭게 주목을 받으며 부상하기 시작하였다. '느린 학문'이란 하네스 베르그탈러와 롭 데밋 등을 비롯한 학자들이 롭 닉스의 '느린 폭력'에 힌트를 얻어 만들어낸 신조어다. 인문학이란 성격과 방법론에서 긴 시간을 두고 인내심 있게 성찰하고 해석하는 분야라서 그 가시적 성과가 지체될 수밖에 없다는 것이다. 그러나 느리다는 것은 단점이 아니라 오히려 장점이요 수치가 아니라 미덕이다. 도덕적 확실성에 판단을 유보하고 공적 담론의 장벽을 무시하고 복잡성을 음미하는 경향이야말로 인문학만이 지닐 수 있는 소중한 무기이기 때문이다. 하네스 베르그탈러와 롭 데밋은 "환경인문학에 제기하는 문제는 생태계 위기에 대한 전통적인 '인문학적' 관점이 아니다. 그것은 다른 유형의 사고고 우리에게 강요되는 굉장히 어려운 애매성과 맞붙어 싸우는 데 좀더 적합한 사고다"라고 잘라 말한다(Bergthaller et al., 2014: 255, 266~267).

환경 문제가 하루가 다르게 심각해지면서 환경은 본질적으로 인간과 관련한 문제라는 생각이 학자들과 연구자들 사이에 널리 퍼지기 시작하였다. 스웨덴 왕립기술연구소KTH에서 환경역사를 전공하는 스베르커 쇠를린은 "문화적 가치와 종교적 관념, 뿌리 깊은 인간 행동이 여전히 사람들이 삶을 영위하고 생산하고 소비하는 방식을 지배하는 세계에서 '환경과 관련한 지식'에 관한 생각은 변하지 않으면 안 된다"고 지적한다. 그러면서 그는 계속 "우리가 지구의 곤경을 가져온 인간 주체에 좀더 관심을 기울이기 시작하지 않는 한, 우리는 지속가능성을 꿈꿀 수 없다. 그런데 환경 전문가들은 이러한 곤경을 측정하는 데는 대가들이지만 그것을 예방할 능력이 있는 것 같지 않다"고 말한다(Sörlin, 2012: 788). 여기서 쇠를린은 오늘날의 심각한 환경 위기를 극복하기 위해서는 인문학자들의 도움이 절실히 필요하다고 역설한다.

이렇듯 지식, 이해, 행동, 의미, 가치를 다루는 학문 분야인 인문학은 환경 문제와는 떼려야 뗄 수 없을 만큼 깊이 연관되어 있다. 가령 환경 정의와 윤리, 빈곤, 환경 문제의 역사적·문화적 맥락을 연구하는 것은 인문학이 아니고서는 도저히 이룰 수 없다. 오스트레일리아의 역사학자 톰 그리피스는 환경 문제를 해결하는 데 있어 무엇보다도 문화의 중요성을 역설한 대표적인 학자로 꼽힌다. 그는 "과학자들은 흔히 지식의 결핍을 극복해야 할 필요성을 주장하면서도 왜 우리가 이미 알고 있는 지식에 따라 행동하지 않는지에 대해서는 좀처럼 질문을 던지지 않는다"고 주장한다(Griffiths, 2007). 그는 오스트레일리아 왕립위원회RAC가 이미 100여 년 전에 이 대륙의 환경 문제에 관한 보고서를 작성해 놓고도 아직껏 실행에 옮기지 않았다고 지적한다. 그리피스는 바로 이 점에서 보더라도 환경인문학이 절실히 필요하다고 말한다.

더구나 기존 연구 패러다임을 대치할 수 있는 비판적 사고와 창의성은 인문학의 독자적 영역이라고 하여도 크게 틀리지 않다. 또한 인문학적 인식론과 방법론도 환경 문제를 해결하는 데 도움을 줄 수 있다. 이원론을 극복하고 다원적 관점을 견지한다든지, 객관성과 절대성에 맞서 주관성과 상대성을 제시한다든지 인문학이 환경 문제에 기여할 수 있는 여지는 한두 가지가 아니다.

그러나 반짝인다고 모두 황금이 아니듯이 환경 지향적 경향을 보인다고 모두가 환경인문학이 되는 것은 아니다. '환경인문학'으로 인정받기 위해서는 새로운 통합 방식으로 다른 학문 분야와 연합을 꾀하지 않으면 안 된다. 그동안 연구 분야별로 독립적으로 수행해 오던 연구는 환경인문학의 개념적 우산 속에 들어온 이상 이제 다른 학문 분야와 창조적으로 결합을 모색해야 한다. 인문학은 그동안 고고하게 칩거하고 안주하던 상아탑에서 내려와 사회과학이나 자연과학과 손을 맞잡아야 한다. 환경 단체나 비정부기구 같은 아카데미 바깥의 세계와도 기꺼이 협력을 모색해야 한다. 또한 지식을 생산하고 조직하고 전파하는 방식에서도 혁신을 꾀해야 한다. 한마디로 전통적 의미의 인문학은 종래의 틀에 박힌 상투적 방법과 사고방식에서 벗어나지 않는다면 참다운 의미의 환경인문학이 될 수 없다.

환경인문학은 그 이름에서도 엿볼 수 있듯이 환경 문제의 심각성을 첨예하게 깨닫고 그 해결책을 모색하려는 인문학의 한 분과학문이다. 문학과 철학과 역사 같은 전통적인 인문학을 통합 정신에 입각하여 자연과학과 사회과학과 연계하는 학문 분야다. 터키의 카파도키아대 환경인문학연구소 소장 세르필 오퍼만과 이탈리아의 대표적인 환경철학자 세레넬라 이오비노는 환경인문학을 "현재의 생태계 위기를 해결하기 위하여 인문학, 사회과학, 자연과학 분야를 함께 결합한 분야"로 정의한다(Oppermann & Iovino, 2017). 마커스 홀을 비롯한 학자들은 환경인문학을 "자연과학을 인문학 안에 병합하는 것"으로 규정하면서 인문학의 다양한 분야에서 얻은 통찰을 결합하여 자연과학을 '인간화'하는 데 그 목적이 있다고 지적한다(Hall et al., 2015: 134~136).

그런데 여기서 무엇보다도 먼저 주목해야 할 것은 환경인문학이 학문 연구의 구체적인 방법론이라기보다는 오히려 새로운 학문 연구 방향을 지향하는 일종의 태도나 관점에 가깝다는 점이다. 그래서 환경인문학은 규범적 성격보다는 기술적記述的 성격이 강하다. 또한 어떤 현상을 두고 가치 판단을 내리기보다는 그렇게 되기를 바라는 희원적 성격이 강하다. 환경인문학은 기존의 인문학의 틀 안에서는 말할 것도 없고 더 나아가 사회과학과 자연과학과 연대하여 새로운 형태의 통학문성이나 통섭을 지향해야 한다. 그 가능성을 탐색하면 할수록 성공할 가능성은 그만큼 커진다.

환경인문학은 토머스 쿤이 말하는 '패러다임'처럼 인문학자들이 환경 문제를 중요한 의제로 삼아 지향하는 어떤 보편적인 인식 체계나 이론적인 틀로 보는 쪽이 가장 바람직하다. 그런데 이러한 인식 체계나 이론적인 틀은 그 이전의 인문학자들이 추구하던 것과는 여러모로 다르다. 물론 환경인문학은 환경철학과 환경윤리, 환경역사, 생태비평, 문화지리학, 생태인류학, 정치생태학 같은 기존의 다양한 이론에 기반을 둔다. 그러나 환경인문학은 이렇게 다양한 접근방법으로 분야마다 독자적으로 이루어진 토론과 성과를 통합하려는 데 그 특성이 있다. 만약 이러한 통합적 성격이 부족하거나 아예 없다면 환경인문학은 환경인문학으로서의 존재이유를 부여받지 못할 것이다.

20세기 말엽과 21세기 초엽 미국과 유럽의 대학과 연구소를 중심으로 환경인문학을 중점적으로 다루는 연구 기관이 우후죽순처럼 생겨났다. 가령 미국에서는 매사추세츠 공과대학 MIT의 '맥아서 환경인문학 연구워크숍'과 매디슨 소재 위스콘

신대학의 '문화·역사·환경 센터'가 활약하였다. 독일 뮌헨의 '레이철 카슨 센터', 스웨덴 스톡홀름 소재 'KTH 환경인문학 실험실', 그리고 미드스웨덴학교의 '에코인문학 허브Eco-Humanities Hub'도 이러한 경우를 보여 주는 더할 나위 없이 좋은 예로 꼽힌다. 이 연구소들은 환경인문학에 관심 있는 학자, 연구원, 학생을 세계 전역에서 불러들인다.

또한 연구소나 네트워크 못지않게 중요한 것이 환경인문학을 전문으로 다루는 학술 저널이다. 오스트레일리아 뉴사우스웨일스대에 기반을 둔 〈환경인문학〉과 미국 네브래스카대 출판부가 발행하는 〈리질리언스: 환경인문학〉, 미국지질학회AAG에서 발간하는 〈지리 인문학〉 같은 국제 저널들이 쏟아져 나왔다. 한편 환경인문학은 인터넷과 디지털 기술에 힘입어 자국 안에서는 말할 것도 없고 국제적으로 대학과 연구 기관 중심의 네트워크를 형성하기도 한다.

그런가 하면 정부나 민간 기구들도 환경인문학이 성장하고 발전하는 데 크게 이바지하였다. 예를 들어 '기후변화에 관한 정부 간 패널IPCC'을 비롯하여 '생물다양성과 에코시스템 서비스에 관한 정부 간 과학정책 플랫폼IPBES', '미래 지구FE' 같은 단체들이 그동안 생물다양성 파괴, 환경오염, 기후변화, 에너지 고갈, 식량 부족, 토양 침식, 사막화, 해수의 저염분화, 담수 부족, 빈곤, 기아 등에 깊은 관심을 기울여 왔다.

환경인문학의 전사前史

환경인문학은 20세기 말에 처음 모습을 드러내기 시작한 새로운 분야다. 환경인문학은 시기를 아무리 일찍 잡는다고 하더라도 20세기 중엽 이전으로 좀처럼 거슬러 올라가지 못한다. 환경인문학은 독일의 정치 이론가 한나 아렌트Hannah Arendt에서 시작되었다. 지금은 이 분야의 고전이 되다시피 한 책 《인간의 조건》(1958)3에서 그녀는 자연과학과 인문학의 통합을 조심스럽게 탐색한다. 아렌트는 인간과 자연, 문화와 자연의 서구 이분법을 해체하고 그 중간 어디에서 해답을 찾으려고 한다. 이항대립에 기반을 두는 서구 이분법에 따르면 전자는 주체에 해당하고 후자는 어디까지나 객체에 해당한다. 그러나 아렌트는 이분법적 사고를 경계하여 인간을 주체

---

3 *The Human Condition*

로, 자연을 객체로 파악하지 않는다. 그녀가 말하는 '비타 악티바Vita Activa'의 개념은 환경인문학이 태어나는 데 산파 구실을 한다. 아렌트는 인간의 근본적인 행위를 ① 노동, ② 작업, ③ 행동의 세 범주로 구분 짓는다. 이 세 가지 행위야말로 인간이 지구상에서 삶을 영위하는 데 필수불가결한 조건이라고 지적한다(Arendt, 1998: 7~16).

아렌트는 이 세 가지 행위 중에서 노동을 가장 중요하게 간주하여 "인간 육체의 생물학적 과정에 상응하는 행위"로 파악한다(Arendt, 1998: 7). 만약 인간에게 노동 행위가 없다면 이 세상에 태어나 성장하여 신진대사로 살아가는 삶의 모든 과정에서 필요한 의식주를 해결할 수 없기 때문이다. 이러한 의식주는 다름 아닌 노동이 만들어낸다. 그러므로 노동은 인간이 생물학적 삶을 유지하는 조건 중에서도 가장 필수적인 행위라고 할 수 있다. 아렌트에 따르면 노동으로 만들어낸 물건은 곧 소비되기 때문에 노동을 통하여 끝없이 다시 만들어내야 한다. 적어도 이 점에서 보면 인간은 여느 다른 동물과 크게 다르지 않아서 한낱 '아니말 라보란스animal laborans', 즉 노동하는 동물에 지나지 않는다.

'비타 악티바'의 개념에서 노동이 인간의 삶에서 생물학적으로 필요한 자연적 차원의 행위라면, 작업은 "인간의 삶의 비자연적 측면에 상응하는 행위"다(Arendt, 1998: 7). 작업은 의식주를 해결한 뒤에 이루어지는 인간의 인공적인 행위를 두루 일컫는 말이다. 노동과 비교해 볼 때 작업은 훨씬 더 영속적인 특성이 있다. 아렌트는 이렇게 작업에 종사하는 인간을 '호모 파베르homo faber', 즉 도구적 인간이라고 부른다. 즉 인간은 도구를 사용하여 성곽을 쌓고 건물을 짓고 공예품이나 예술 작품을 만들어내고, 제도와 법률을 제정한다. 그러므로 인간과 자연 사이에서 이루어지는 노동과는 달리, 작업은 오직 인간과 인간 사이에서 일어나는 행위다.

그러나 아렌트는 작업이 여전히 어떤 종류의 필연성에 종속되어 있을 수밖에 없다고 지적한다. 인간이 도구를 사용하는한 그 노예가 되어 완전한 자유를 행사할 수 없기 때문이다. 작업 행위는 그 자체로 목적이 되지 않는 한 완전히 자유로울수 없다. 그래서 아렌트는 인간 조건에서 가장 정점을 차지하는 행위를 다름 아닌 행동에서 찾는다. 행동에서 가장 핵심적인 특성은 남에게 양도할 수 없는 자유와 그 어떤 것에도 종속되지 않는 그 자체의 목적에 관심을 둔다는 데 있다. 정치적 행위가 바로 여기에 해당한다. 아렌트는 고대 그리스 시대의 폴리스를 이러한 행위의 대표적인 모델로 간주한다. 아렌트는 궁극적으로 아리스토텔레스처럼 인간을 '준 폴리티콘 zoon politikon', 즉 정치적 또는 사회적 동물로 파악하려고 하였다.

이렇게 한나 아렌트가 처음으로 이론적 토대를 마련한 환경인문학은 곧 다른 학자들이 좀더 정교하게 다듬고 발전시킨다. 가령 영국 태생의 미국 문화인류학자 그레고리 베이츤은 《마음의 생태학에 이르는 단계》(1972) 4에서 아렌트와 비슷한 시도를 하여 관심을 끌었다. 이 책에서 베이츤은 자신의 전공 분야인 인류학을 비롯하여 두뇌공학, 정신의학, 인식론 등 인문학과 사회과학 그리고 자연과학 분야를 두루 넘나들며 학문과 학문 사이의 차이를 허물고 간격을 좁히려고 노력한다. 이 책은 ① 메타로그, ② 인류학의 형식과 패턴, ③ 관계의 형식과 병리학, ④ 생물학과 진화, ⑤ 인식론과 생태학, ⑥ '마음의 생태학의 위기' 등 모두 크게 여섯 부분으로 나뉜다.

1980년대에 이르러 환경인문학은 미국의 역사학자요 과학사가인 캐럴린 머천트가 좀더 본격적인 궤도에 올려놓는다. 《자연의 죽음》(1980) 5에서 그녀는 자연과학적 지식과 역사

---

4 *Steps to an Ecology of Mind*

적 지식을 통섭적으로 결합하려고 시도하여 주목을 끌었다. 그래서 이 책은 흔히 환경인문학의 첫 장을 여는 저서로 평가받는다. '여성, 생태학, 과학 혁명'이라는 부제에서도 엿볼 수 있듯이 이 책은 에코페미니즘(생태페미니즘)에 초점을 맞추되 인문학이나 사회과학의 영역을 뛰어넘어 자연과학에 관한 관심에도 게을리하지 않는다. 다시 말해서 머천트는 18세기 인간이 어떻게 자연과학적 지식의 힘을 빌려 자연이나 환경을 체계적으로 파괴했는지 밝히는 데 주력한다. 그녀에 따르면 이때부터 합리주의와 이성으로 굳게 무장한 인간은 자연을 원자화, 객관화하고 해부했다고 지적한다. 이러한 과정에서 자연은 어쩔 수 없이 파괴될 수밖에 없었다는 것이다.

더구나 머천트는 《자연의 죽음》에서 계몽주의 시대에 이르러 과학과 기술이 눈부시게 발달한 사실과 남성이 여성을 억압하고 착취하면서 가부장 질서에 종속시킨 사실 사이에는 서로 밀접한 함수관계가 있다고 지적한다. 실제로 계몽주의는 남성 클럽과 다름없었다. 여성은 아이들과 함께 이 클럽의 멤버로 초대받지 못하였다. 그들은 이 남성 클럽에서 하인처

---

5 *The Death of Nature*

럼 시중을 들거나 기껏 귀부인 손님으로 초대받았을 뿐이다. 머천트는 자연 파괴와 여성 억압이나 종속을 동일한 차원에서 파악한다. 그런데 이 두 가지가 어떻게 동시에 일어났는지 좀 더 체계적으로 밝히기 위하여 머천트는 서구 지성사나 과학사에서 근거를 찾는다. 적어도 서양에서는 근대에 이르러 과학이 유기론적 세계관을 몰아내고 그 자리에 기계론적 세계관을 세웠다.

여성적인 대지는 과학 혁명과 시장 지향적 문화의 발흥 때문에 파괴된 유기론적 우주론에서 핵심적인 위치를 차지하였다. (…) 16세기 유럽인들에게 자아와 사회와 우주를 하나로 결합하는 근본적인 은유는 유기체의 은유였다. (…) 유기체적 이론에서는 인간 육체의 부분과 부분 사이에 상호관련성을 강조하고, 가족과 공동사회와 국가에서 공동의 목적을 위하여 개인을 종속시킬 것을 강조하며, 가장 낮은 돌에 이르기까지 모든 우주에 생명이 침투하였다(Merchant, 1990: 278).

위 인용문에서 머천트는 직접 언급하지는 않지만 유기론적 우주론을 '파괴시킨' 것은 다름 아닌 기계론적 우주론이라는 사실을 강하게 암시한다. 이러한 기계론적 세계관은 곧 과학 혁명, 시장 지향적 문화와 밀접하게 관련되어 있다. 이 세계관에서는 인간 육체의 유기적 관계를 파괴하고, 공동체보다는 개인에 훨씬 무게를 싣는다. 인간을 포함한 지구상의 모든 생명체를 위협하는 자연 파괴와 환경오염, 자본주의 사회의 상업적 팽창, 그리고 여성을 억압하고 착취하는 남성 중심의 새로운 사회경제적 질서는 바로 기계론적 세계관에 비롯한다고 하여도 크게 틀리지 않는다. 머천트는 이러한 폐해를 극복하기 위해서는 기계론적 세계관을 밀어내고 그 자리에 다시 유기론적 세계관을 세워야 한다고 주장한다. 그리고 유기론적 세계관을 다시 세우기 위해서는 무엇보다도 먼저 여성을 지배와 억압, 착취의 대상에서 해방해야 한다고 지적한다.

　머천트는 《에덴을 다시 창조하다》(2013) **6**에서는 에코페미니즘적 태도를 '파트너십(동반 관계) 윤리'의 개념으로 좀더 확대한다. 종래의 윤리 개념으로는 21세기의 환경 문제를 해결할 수 없다고 판단하기 때문이다. 그녀는 인간은 지금까지의 오만한 태도를 버리고 인간이 아닌 다른 존재와의 상생을

---

6 *Reinventing Eden*

모색해야 한다고 역설한다.

　21세기에 나는 새로운 환경윤리, 즉 파트너십 윤리를 제안한다. 이 윤리는 인간이 조력자, 파트너, 동료라는 관념과 인간과 자연은 서로에게 동일하게 중요하다는 관념에 기초를 둔다. 만약 인간과 자연을 행위자로 인정한다면 우리는 서로에게 이익을 줄 가능성이 있다.
　　파트너십 윤리는 인간과 비인간의 공동사회에 최대의 이익은 활발하게 상호의존하는 데 있다고 주장한다. 관계와 의무를 신성하게 생각하는 미국 원주민처럼 파트너십 윤리는 관계와 상호의무의 관념에 기초한다. 조류한테서 교훈을 배우듯이 파트너십 윤리는 자연의 목소리에서 교훈을 배운다. 인간의 파트너처럼 대지와 인간은 서로서로와 의사소통한다(Merchant, 2013: 223).

　머천트가 말하는 파트너십 윤리는 인간과 인간이 아닌 자연 사이에 역동적 균형과 평등을 강조하는 데 목적이 있다. 그래서 이 새로운 윤리는 북아메리카 대륙에 오랫동안 살아온 토착 원주민의 생활방식에 따라 땅을 정복하거나 심지어 정원을 만들고 가꾸는 것조차 좀처럼 받아들이려고 하지 않는다. 그 대신 각각의 장소는 인간의 생존 여부와 관계없이 비인간의 다른 존재들과 더불어 살아가는 주거 공간일 뿐이다.

머천트의 파트너십 윤리와 관련하여 여기서 잠깐 위르겐 하버마스 이론을 짚고 넘어갈 필요가 있다. 하버마스의 의사소통적 합리성의 개념은 그레고리 베이츤과 앤서니 와일든의 개념과 비슷하지만 중요한 점에서 차이가 난다. 즉, 하버마스는 인간의 사회적 발전에서 합리성의 우위와 효능을 강조한다. 이러한 합리성을 기반으로 그는 인간과 비인간을 구분 짓는다. 하버마스는 인간만이 가지는 특징인 합리성과 그것에서 비롯하는 의식적 목적을 도구화, 객관화하지 않아도 얼마든지 의사소통이 가능하다고 주장한다. 다시 말해서 그는 막스 베버의 도구적 합리성에 맞서 의사소통적 합리성이야말로 가장 생존을 가능케 하는 합리성이라고 지적한다.

그러나 지금까지 몇몇 학자들이 지적해 왔듯이 하버마스의 의사소통적 합리성에도 문제점은 있다. 대니얼 화이트는 하버마스의 "합리적 이해는 그것이 그 자체의 패러다임으로 보편화되면 그 안에 도구성을 지닐 수밖에 없다"고 지적한다 (White, 1997: 147). 이렇게 하버마스를 비판하는 것은 비단 화이트에 그치지 않고 앤서니 기든스도 마찬가지다. 기든스는 하버마스의 의사소통적 합리성이 서구 계몽주의의 이상을 되풀이하는 것에 지나지 않는다고 비판한다. 여기서 우리는 하버마스의 의사소통적 합리성 대신 '생태적 합리성'을 제안한다. 생태적 합리성이야말로 합리적 논의를 통한 상호주관적 합의에 기초를 두되 머천트의 파트너십 윤리처럼 인간과 자연이 서로 의사소통 할 수 있는 길을 활짝 열어놓기 때문이다.

환경인문학의 출현

한나 아렌트, 그레고리 베이츤, 캐럴린 머천트 등이 처음 씨앗을 뿌린 환경인문학은 21세기에 들어와 데버라 버드 로즈를 비롯한 오스트레일리아 학자들이 싹을 틔워 마침내 활짝 꽃을 피운다. 캔버라 소재 오스트레일리아국립대ANU에 기반을 두고 있는 로즈는 2001년 새천년을 맞아 관심 있는 학자들과 함께 생태학적 성찰이나 환경론적 사고에서 인문학이 어떠한 역할을 할 수 있는지 진지하게 토론하였다. 이 토론 모임에는 로즈를 비롯하여 리비 로빈과 발 플럼우드 같은 철학자들이 참석하였다. 비단 철학자들뿐 아니라 문학연구가들, 역사학자들, 인류학자들이 서로 머리를 맞대고 환경과 관련한 문제를 진지하게 토론하였다.

　이렇게 오스트레일리아 학자들이 주축이 되어 처음으로 '환경인문학'이라는 새로운 학문을 출범시켰다. 그들은 오프라인과 온라인을 통한 논문이나 저서 출간, 일련의 학술 행사, 현장과 강단에서 활약하는 사람들과의 생산적이고 도전적인 대화를 통하여 환경인문학의 개념을 점차 정교하게 다듬고 널리 확산해 나갔다. 여기서 무엇보다도 가장 중요한 개념은 학문과 학문, 전통과 전통을 가로지르는 창의적 대화다. 오스트레일리아 학자들은 사명 진술서mission statement라고 할 다음 인용문에서 환경·생태인문학의 기본 개념과 본질을 간결하게 표명한다.

　생태인문학은 인간이 자연과학과 인문학의 관점에서, 또한 토착적이고 다른 '비서구적인 세계관'의 관점에서 세계를 이해하고 상호교류하는 다양한 방법을 결합하여 이러한 대화가 인간과 인간 범위 이상의 환경에 가져올 연관성과 가능성을 촉진한다. **7**

이 짧은 인용문에는 환경인문학과 관련한 기본 개념이 비교적 잘 요약되어 있다. 다만 '환경인문학' 대신에 '생태인문학'이라는 용어를 사용하는 것이 눈에 띌 따름이다. 그러나 앞장에서 이미 밝혔듯이 이 두 용어는 거의 같은 개념으로 받아들여도 무방하다. 다른 국가나 지역과 비교하여 토착 원주민 문화에 대한 관심이 많은 오스트레일리아에서는 '환경인문학'보다는 '생태인문학'이라는 용어를 주로 사용한다. 위 인용문에서 특히 주목해 볼 어휘는 '자연과학', '인문학', '대화', '연관성' 등이다.

첫째, 환경인문학은 자연과학적 지식과 인문학적 지식을 서로 결합하여 지금 인류가 직면해 있는 환경 위기나 생태계 위기를 극복하려고 하는 데 그 목적이 있다. 앞 장에서 지적했듯이 그동안 자연과학과 인문학 사이에는 높다란 장벽이 세워져 있었고, 쉽게 건너지 못할 심연이 가로놓여 있었다. 그러나 환경 위기나 생태계 위기가 심각한 단계로 접어든 지금 인문학과 자연과학은 독립적으로 위기에 대응할 수 없는 한계에 이르렀다. 인문학이라도 먼저 그러한 장벽을 허물고 그 사

7 www. ecologicalhumanities. org/index. html.

이의 간격을 좁히려고 시도한다. 그동안 대척 관계에 있던 것과 다름없던 두 학문 사이에서 창조적 대화를 모색하려고 시도한다는 점에서 가히 영웅적이라고 할 만하다.

지금까지 인문학에 속한 여러 분야에서는 전통적으로 '주관대 주관'의 접촉에 기반을 둔 지식 안에서 작업해 왔다. 오직 인간만이 주관을 지닌 존재로 대접받았다. 다시 말해서 전통적 인문학에서는 "인간이 만물의 척도"라는 피타고라스의 명제를 출발점으로 삼았다. 그동안 인문학자들은 "인간이란 무엇인가?" 또는 "인간이 된다는 것은 무엇을 의미하는 것인가?"라는 '거대한' 물음을 던지고 그 물음에 답하려고 애썼다. 그러나 그 물음에 대한 답은 인간이 자연 세계의 일부로서 동등한 관계가 아니라 계급적 관계로 그 위에 군림하여 지배한다는 생각에서 좀처럼 벗어날 수 없었기 때문에 한계에 부딪칠 수밖에 없었다.

한편 자연과학은 자연과학대로 그동안 인문학 못지않게 여러 문제점을 안고 있었다. 자연과학은 전통적으로 자연 현상을 객관적으로 관찰하고 분석하는 데 초점을 맞추어 왔다. 자연과학자들은 자연을 오직 비활성적인 물질로만 이해하려고 하였고, 이러한 과정에서 자연은 어쩔 수 없이 왜곡될 수밖에 없었다. 자연과학은 인문학과 서로 다른 방법론을 취하면서도 결과적으로는 똑같은 결론에 도달하였다.

그러나 비교적 최근에 이르러서야 비로소 자연과학자들은 인문학자들과 대화를 모색하기 시작하였다. 예를 들어 화학자 일리야 프리고진은 "나는 늘 과학이란 자연과의 대화라고 생각해 왔다"고 잘라 말한다(Prigogine, 1997: 57). 그의 말에서 가장 중요한 키워드는 '대화'다. 지금까지 과학자들은 자연과 대화를 나누기는커녕 오히려 자연을 관찰과 연구의 대상으로 삼아 '독백'해 왔을 뿐이다. 환경인문학자들은 프리고진의 말을 한발 더 밀고나가 인문학을 통해 자연뿐 아니라 자연과학이나 사회과학과도 의미 있는 대화를 할 수 있다고 생각한다.

둘째, 환경인문학에서는 무엇보다도 연관성에 주목한다. 오스트레일리아 학자들의 사명 진술서에서 "인간과 인간 범위 이상의 환경에게 가져올 연관성"을 언급하는 것을 보면 인간과 비인간, 즉 인간과 자연의 유기적 연관성을 염두에 두고 있음이 틀림없다. '인간 범위 이상의 환경'이란 인간을 제외한 생물, 무생물, 자연, 우주 등을 말한다.

그동안 인간과 자연은 마치 영혼과 육체처럼 서로 엄격히 구분되어 왔다. 서양에서 근대 과학에 처음 이론적 불을 지핀

르네 데카르트는 방법론적 회의를 통하여 근대적 주체를 발견해 내었다. 인간에게는 영혼이 있지만 다른 피조물에게는 영혼이 없다고 주장한 그는 이것을 근거로 인간과 자연을 엄격히 구분 지었다. 즉, 데카르트는 인간을 '우주의 주인'으로 간주하고 그밖에 다른 피조물은 하나같이 인간의 지배를 받는 '하인'이거나 인간에 복무하는 도구나 수단에 지나지 않는다고 보았다. 주체와 객체, 영혼과 물질을 두 쪽으로 나누어 보는 이러한 이분법적 사고가 오늘날의 환경 위기와 생태계 위기를 낳은 장본인임은 새삼 말할 필요조차 없다. 그러나 환경인문학에서는 무엇보다도 인간과 자연, 문화와 물질 사이의 유기적 연관성을 중요하게 생각한다. 인간과 자연, 문화와 물질은 얼핏 겉으로 드러나 보이는 것과는 달리 서로 유기적으로 밀접하게 관련되어 있다. 여기에서 굳이 '유기적'이라는 용어를 사용하는 것은 어느 한쪽이 영향을 받으면 다른 쪽도 영향을 받지 않을 수 없기 때문이다.

이 유기적 연관성과 관련하여 앞에서 언급한 데버라 로즈와 리비 로빈을 비롯한 학자들은 두 가지 명제를 받아들인다. 첫째, 인간은 생태계 법칙에 따른다. 둘째, 인간은 어디까지나 살아 있는 거대한 체계의 일부로 참여할 뿐이다. 이 두 기본 명제에 대하여 로즈와 로빈은 "살아 있는 것들 사이에 연관성은 생태계가 어떻게 작용하는지 이해하는 데 기본이 되며, 따라서 존재 법칙과 행동 지침이 된다"고 지적한다(Rose & Robin, 2004: 31~32). 그런데 이 두 기본 명제는 다름 아닌 '연계 존재론'에 토대를 둔다. 이 존재론에서는 유기적 세계와 그 무기적 부분을 단일한 체계로 파악하고 각각의 부분이 서로 깊이 연결되어 있는 것으로 간주한다.

2001년 리비 로빈과 데버라 로즈는 '환경인문학을 위한 선언'을 발표하여 환경인문학에 굵직한 획을 그었다. '지식의 직물을 다시 짜다'라는 부제를 붙인 이 선언문에서 두 학자는 환경인문학의 목표와 지향점을 이렇게 천명한다.

생태인문학은 자연과학과 인문학 사이의 구분, 자연을 파악하는 서구적 방식과 비서구적 방식 사이의 구분을 가로지르는 것을 목표를 삼는다. 우리의 임무는 다음과 같은 역사적 결과에서 비롯한다.

• 계몽주의 · 모더니티: 자연과학과 인문학을 분리시키고 각자는 다른 것과 충분히 구별될 수 있다는 견해를 조장하였다. 이

과정은 특히 정신·물질 같은 서구 사회의 다른 구별, 그리고 인간이 자연 세계와는 별개라는 생각을 용이하게 하였다.

- 포스트모더니티: 모더니티의 구분이 얼마나 임의적인지 이해하고 그러한 구분이 지지하는 권력 관계를 평가하는 데 분석적인 틀을 마련해 주었다.

- 직물을 다시 짜기: 임의적 구분을 극복하고, 그러한 구분 사이를 연결하는 다리를 놓고, 윤리학과 가치를 분석하며, 자연계와 관련하여 도덕적 행동을 계발하려고 시도하였다.

우리의 작업은 다음 사항에 의하여 동기가 유발되었다.

- 호기심: 우리가 사는 세계를 좀더 복합적으로 이해하려는 욕망

- 위기: 오늘날 생태적 상황의 불확실함에 대한 깨달음

- 관심: 위기를 극복하는 일에 적극 참여하려는 욕망

- 협동: 다양한 문화와 전통을 지닌 학자들, 전문가들과 접촉하려는 욕망

생태적 인문학은 문화적, 생물학적, 학구적 다양성에 헌신하려

고 노력한다. 이러한 모든 것은 지구상에서 생물체가 번영하도록 지속가능한 미래에 필요하다. **8**

리비 로빈과 데버라 로즈는 '환경인문학을 위한 선언'을 발표한 뒤에도 환경인문학의 개념을 끊임없이 갈고닦았다. 특히 로즈는 다른 동료들과 함께 발표한 또 다른 논문에서 환경인문학의 개념과 성격을 좀더 분명하게 정립한다.

우리는 인간에 관한 '좀더 강한' 개념, 즉 자족적이고 합리적인 의사결정 주체에 관한 환원적 설명을 거부하는 개념을 분명히 표현할 수 있다. 오히려 환경인문학은 우리를 의미와 가치의 생태학에 활발하게 참여하는 자로 위치시킨다. 우리가 누구인지, 우리가 다른 사람들이나 사물과 어떻게 '더불어 변화할' 수 있는지를 결정하는 문화적 다양성과 역사적 다양성의 풍부한 패턴에 연루되어 있는 상태로 말이다(Rose et al., 2012: 1~5).

---

8 https://fennerschool-associated.anu.edu.au/ecologicalhumanities/
manifesto.php.

앞의 인용문에서 핵심적 구절은 인문학을 뜻하는 '의미와 가치의 생태학'이다. 환경인문학은 자족적이고 합리적으로 의사를 결정하는 주체를 환원적으로 설명하는 태도나 방법을 단순히 거부하는 것으로 만족하지 않는다. 이보다 한발 더 밀고나가 문화적·역사적 다양성에 기반을 두고 의미와 가치의 참여자로서의 인간에 좀더 무게를 싣는다.

이러한 태도를 좀더 발전시킨 것이 미국의 앤드류 W. 멜런 재단의 후원을 받고 발족한 '환경을 위한 인문학HfE 관측소'의 선언문이다. 2015년 폴 홈을 비롯한 10명의 인문학자들은 '환경을 위한 인문학: 연구와 행동을 위한 선언'을 발표하였다. 이 선언문에서 그들은 "인류세 시대에 인문학의 역할은 무엇인가?"라는 물음을 던진 뒤 이 물음에 답한다.

과학은 지구 변화의 생지물리학生地物理學을 모니터하고 측정하고 어느 정도까지는 예측할 수 있다. 그러나 과학의 분석 능력은 지구 변화의 주요 동인, 즉 인간 요인을 알아내는 데는 미치지 못한다. 인간이 무엇을 믿고 가치 있는 것으로 생각하고, 어떻게 조직적으로 단결하고, 또 목표를 달성하려고 무엇을 투자하는지는 과학적 계산에서 상당히 벗어나 있다. 인문학과 사회과학과 자연과학이 서로 협력해야 할 필요가 있다고 주장하는 것은 비단 우리만이 아니다(Holm, 2015: 979).

홈을 비롯한 인문학자들은 자연과학이 현상을 관찰하고 분석하는 데는 뛰어날지 모르지만 실제로 사회정책을 만들어 내거나 많은 사람의 가치와 의견에 영향을 주어 태도를 변화시키는 데는 부족하다고 지적한다. 이러한 역할은 다름 아닌 인문학이 맡아야 한다고 말한다. '학문 분야의 잡동사니'와 다를 바 없는 인문학은 여러 차원에서 인간의 인식, 동기유발, 창의성, 작인agency 등에 통찰을 줄 수 있기 때문이다.

더구나 홈을 비롯한 인문학자들은 자연보다 인간을 우위에 두는 태도, 그동안 인간이 보여 준 실천과 행동이 21세기에 전 지구적으로 환경 변화를 불러온 가장 큰 요인이라고 파악한다. 그러면서 그들은 환경 친화적인 행동을 유도하기 위해서는 합리적 선택 이론과 행동 결정 이론을 넘어설 필요가 있다고 지적한다. 이러한 이론만 가지고서는 인간 우위와 행동을 움직이는 공약, 가정, 상상, 신념 체계 등 폭넓은 범위를 포함할 수 없기 때문이다. 그들은 문학을 비롯한 언어학, 철학, 역사, 종교학, 젠더 연구, 심리학, 교육학, 인류학, 문화 지리학, 정치 생태학 같은 인문학 분야가 인간의 동기, 가치, 선택에 관한 '유일무이한' 통찰을 제공해 줄 수 있다고 주장한다.

유럽의 환경인문학

오스트레일리아 학자들이 처음 불을 댕긴 환경인문학은 점차 동쪽으로는 태평양을 건너 미국으로, 서쪽으로는 인도양과 대서양을 건너서는 유럽으로 퍼져나갔다. 그리하여 환경인문학은 오스트레일리아 못지않게 유럽 대륙과 미국에서도 큰 관심을 받았다. 예를 들어 옥스퍼드대 부설 '옥스퍼드 인문학 연구 센터TORCH'는 환경인문학을 다음과 같이 정의한다.

　환경인문학은 새롭게 부상한 다양한 횡단학문적 연구 분야로 인간 활동(문화적, 경제적, 정치적 활동)과 가장 넓은 의미의 환경 사이의 복잡한 상호관련성을 분석하고 탐구하려고 한다. 전 지구적 환경 문제가 지금 점차 학계와 정치 토론의 중심부를 차지하고 있다. 환경 문제를 분석하고 해결하려면 자연과 문화 사이, 자연과학과 사회과학과 인문학 사이의 상호관련성을 이해하는 것이 필요하다. 그것은 매력적이고 절박한 지적 작업으로서 환경 문제를 좀더 핵심적으로 인문학 안에 끌어들이기 위해서만 중요한 것은 아니다. 과학자들이 인간 문화가 어떻게 환경의 충격, 환경에 관한 토론, 모든 유형의 규제를 결정하는지 깨닫는 데도 마찬가지로 중요하다. [9]

환경인문학에 관한 '옥스퍼드 인문학 연구센터'의 정의는 대체로 정확하다. 그동안 벌어질 대로 벌어진 자연과 문화 사이의 괴리, 자연과학과 사회과학과 인문학 사이의 학문적 단절을 극복할 수 있는 대안의 관점에서 환경인문학을 정의하는 것은 지극히 타당하다. 앞장에서 이미 지적했듯이 환경 문제는 본질적으로 인간의 문제이므로 그 해결책도 인간 문제를 직접 다루는 인문학에서 찾아야 한다. 문화, 의미, 가치, 윤리, 책임 등에 관심을 기울이는 분야는 다름 아닌 인문학이기 때문이다.

다만 앞의 인용문에서 "전 지구적 환경 문제가 지금 점차 학

---

9 http://www.torch.ox.ac.uk/environhum.

계와 정치 토론의 중심부를 차지하고 있다"는 구절이 목에 걸린 가시처럼 거북스러울 뿐이다. 20세기 말엽부터 인문학계를 중심으로 여러 학자들이 환경인문학에 부쩍 관심을 기울인 것은 사실이지만 아직도 다른 학계에서는 이 분야에 대한 관심이 그다지 많지 않다. 굳이 먼 데서 예를 구할 필요도 없이 한국만 보아도 환경인문학에 관심을 기울이는 학자들이 거의 없다시피 하다. 환경 문제의 심각성을 깨닫고 있으면서도 막상 진지하게 연구하고 실천에 옮기는 학자는 찾아보기 어렵다.

이러한 사정은 정치 분야에 이르면 더더욱 실망스럽기 그지없다. 미국을 비롯한 많은 나라에서는 아직도 인간중심주의에 기반을 둔 물질적 진보와 발전을 신앙처럼 믿고 있다. 경제학자들이나 정책입안자들은 환경 친화적인 지속가능한 개발을 해결책으로 제시하지만 엄밀히 말해서 '지속가능한 개발'은 모순어법이다. 손에 들고 있는 떡을 입에 넣고 먹거나, 아니면 손에 계속 들고 있거나 이 두 가지 행동 중 어느 하나만을 할 수 있을 뿐이다. 자연과 환경을 지금 상태 그대로 보존하거나 인간의 삶을 편하게 하려고 개발하거나 둘 중 한 가지만 할 수 있을 뿐 동시에 두 가지를 성취할 수는 없다. 환경보다 개발을 우선하는 현상은 비록 정도의 차이는 있을망정

사회주의나 공산주의 국가에서도 자본주의 국가 못지않게 일
어난다.

이러한 모순을 처음 지적한 학자는 펠릭스 가타리다. 《세
가지 생태학》(2000)**10**에서 그는 정치 집단과 행정 관료들이
환경 문제의 함의를 전혀 이해하지 못하는 것 같다고 먼저 운
을 뗀다. 그리고 난 뒤 그는 "우리 사회의 자연 환경을 위협하
는 가장 분명한 위험을 최근에야 부분적으로 인식하기 시작했
지만, 그들은 순전히 기술적 관점에서 단순히 산업공해를 다
루는 것으로 만족할 뿐이다. 오직 명확한 윤리·정치적 표현
만이 — 내가 세 가지 생태학적 영역(환경, 사회관계, 인간의 주
관성) 사이에서 '에코소피'라고 부르는 분야가 이러한 문제를
해결할 수 있을 것이다"라고 지적한다(Guattari, 2000: 28).

여기서 가타리가 말하는 '에코소피'란 생태철학을 가리킨
다. 가타리는 처음에는 정신분석과 마르크스주의를 창조적으
로 결합하는 데 관심을 쏟더니 점차 시간이 지나면서 새로운
형식의 사상을 모색하였다. 말하자면 그의 사상의 흐름은 횡
단성에서 시작하여 분자 혁명과 분열 분석을 거쳐 마침내 생

---

10 *The Three Ecologies*

태철학에 이르렀다. 시간이 지나면서 가타리가 그만큼 환경을 아주 심각하고 절실한 문제로 보았다는 방증이다. 그러나 안타깝게도 가타리가 제기한 우려는 아직도 개선되지 않은 상태에 있고, 오히려 어떤 면에서 전보다 더 악화되었다.

한편 2017년 프랑스 소르본대에서 기욤 블랑을 비롯한 세 학자가 편집한 《환경인문학: 검토와 반검토》[11]라는 책을 발간하여 주목을 끌었다. 그런데 편집자들은 환경인문학이라는 새로운 분야를 다른 학자들과는 조금 다르게 접근한다. 새 분야를 소개하는 대신 9개 분야에 걸쳐 그동안 환경 담론에 참여한 학자들의 작업을 면밀히 검토한다. 여기서 9개 분야란 ① 문학, ② 역사, ③ 철학, ④ 인류학, ⑤ 지리학, ⑥ 사회학, ⑦ 정치학, ⑧ 경제학, ⑨ 법률을 말한다. 이 9개 분야의 하부 분야에는 ① 문화생태학, ② 자연인류학, ③ 환경역사, ④ 환경윤리, ⑤ 정치생태학, ⑥ 생태비평, ⑦ 녹색정치 이론, ⑧ 생태경제학, ⑨ 환경법 등이 포함되어 있다. 그러므로 블랑을 비롯한 세 학자들이 언급하는 환경인문학 분야는 모두 18개 분야에 이른다.

---

11 *Humanités environnementales: Enquêtes et contre-enquêtes*

《환경인문학: 검토와 반검토》의 편집자들은 9개 분야에 걸쳐 공통적으로 나타난 특성을 다섯 가지로 요약한다. 첫째, 환경인문학은 다른 학문, 특히 생태학과의 연계성을 중시한다. 물론 편집자들은 이러한 통학문적 경향이 실제로 구현되기보다는 흔히 희망 사항에 지나지 않는다는 점을 간과하지 않는다. 둘째, 환경인문학은 지난 몇십 년 동안 서유럽과 미국 학계를 광풍처럼 휩쓴 포스트구조주의 때문에 빛을 보지 못하던 물질성에 다시 주목한다. 셋째, 환경인문학은 전통적인 학문이 자연과 문화 사이에 놓았던 간극을 극복하려고 시도한다. 넷째, 환경인문학은 농부들이나 토착 원주민처럼 그동안 과학과 기술에서 소외되어 온 사람들을 사회적 또는 문화적으로 새롭게 조명한다. 다섯째, 환경인문학은 이론적 측면 못지않게 구체적인 행동에 무게를 싣는다(Blanc & Demeulenaere & Feuerhahn, 2017: 15~16).

3, 4장에서는 기욤 블랑을 비롯한 세 학자가 《환경인문학》에서 언급하는 중심적인 9개 분야와 하부 9개 분야 중에서 가장 핵심적이라고 판단되는 몇 분야를 집중적으로 다루기로 한다. 다음 장에서 주로 논의할 분야는 ① 문학, ② 철학, ③ 종교다. 환경인문학과 관련지어 좀더 좁혀 말하자면 문학생

태학과 생태비평, 그리고 환경철학과 환경종교학 등이 집중적인 논의 대상이 된다. 에코페미니즘, 물질적 페미니즘, 환경 정의, 포스트휴머니즘, 토착 원주민 문화 같은 나머지 분야는 중심 분야를 다루는 과정에서 부분적으로 짚고 넘어갈 것이다.

3장

문학생태학과 생태비평

미국의 시인이요 에세이스트로서 그동안 환경 문제에 깊은 관심을 기울여 온 게리 스나이더는 흔히 환경인문학과 관련하여 문학가의 위치를 높이 평가한 사람 중 하나로 꼽힌다. 그는 〈도서관 안의 숲〉이라는 글에서 학문의 정보 공동체를 숲의 생물 공동체에 빗댄다. 대학 캠퍼스의 지하실과 창문도 별로 없는 실험실에서는 대학원에 다니는 젊은 과학도들이 소규모로 열심히 데이터를 수집한다. 그들은 숲의 바닥에서 시체 같은 유기물의 분해자들이나 광합성을 하는 식물과 같다. 햇볕이 드는 바로 위층에서는 선임 연구자들이 주로 대학원생들이 연구한 결과를 좀더 다듬어 논문으로 쓴다.

그러면 마지막으로 이러한 정보사슬의 맨 꼭대기에는 무엇이 존재하는가? 이 질문에 아마 예술가들과 작가들이라고 대답할 수 있을 것이다. 예술가들과 작가들이야말로 가장 잔인하고 가장 효율적인 정보 포식자에 속하기 때문이다. 그들은 가볍고도 기동적이어서 모든 분야의 정상을 가로질러 날아다니며 가장 좋은 부분이라고 간주하는 것들을 낚아채어 그것을 소설, 신화, 농밀하고 심오한 에세이, 시각을 비롯한 기타 예술, 또는 시로 전환한다(Snyder, 1995: 203).

스나이더가 학문과 학문의 관계를 '먹이사슬' 또는 '먹이그물'의 포식자와 피식자의 관계로 파악하는 것이 무척 흥미롭다. 물론 예술가들과 작가들은 엄밀한 의미에서 학자들은 아니지만 지식과 정보를 처리한다는 점에서는 그들과 크게 다르지 않다. 스나이더야말로 난해한 환경 지식이나 정보를 시나 에세이 형식을 빌려 쉽게 문학적으로 표현하여 대중에게 전해주는 대표적인 작가 중 한 사람이다. 미국의 계관시인으로 퓰리처상을 받은 로버트 하스가 스나이더를 두고 19세기 중엽 미국에서 환경 복음을 외친 헨리 데이비드 소로나 13세기 일본 가마쿠라鎌倉 시대의 선종 승려 도겐道元처럼 '문학으로 윤리적 삶을 외치는 신성한 목소리'라고 평한 것은 바로 그 때문이다.

문학생태학과 생태비평

1990년대 들어와 몇몇 문학연구가들이 문학과 생태학의 연대 가능성을 조심스럽게 탐색하기 시작하였다. 이 두 분야를 결합하여 '문학생태학literary ecology' 또는 '생태비평ecocriticism'이라는 얼핏 모순어법처럼 보이는 용어를 만들어내기에 이르렀다. 예를 들어 윌리엄 루컷은 문학생태학과 관련하여 "어쩌면 과학과 시라는 그 오랜 숙적이 잠자리를 같이하여 자식을 낳도록 설득할 수 있을지도 모른다"고 말한다(Ruekert, 1996: 108). 여기서 시라는 말이 문학 일반을 가리키는 제유적 표현임은 두말할 나위가 없다. 문학이 자연과학, 그중에서도 생물학의 한 분과 학문인 생태학과 '적과의 동침'을 모색한다는 말이다. 루컷에 따르면 문학이 자연과학을 제외시키는 것이 아니라 오히려 그 개념이나 지식을 적극 이용하여 생존 가능한 새로운 이론을 만들어 낼 수 있다. 루컷은 생태학적 개념을 주로 문학 작품을 읽고 가르치고 그것에 대하여 글을 쓰는 일과 연관시킨다.

루컷에 따르면 시인은 이러한 에너지를 만들어 내는 데 색다른 화석연료를 사용한다. 흔히 '근대화의 혈액'으로 일컫는 석탄이나 석유 같은 여느 다른 화석연료와는 달라서 시인이 구사하는 연료는 언어와 창조적 상상력에서 나오기 때문에 얼마든지 재생이 가능하다. 인류가 그 어느 때보다도 생존을 위협받고 있는 지금 문학이 맡아야 할 가장 중요한 임무나 기능 가운데 하나는 자연 세계에서 인간의 위치를 새롭게 깨닫게 하는 일이다. 이와 관련하여 '문학생태학'이라는 용어를 맨 처음으로 쓴 미국의 문학 이론가 조셉 미커는 이 분야에서는 고전이 되다시피 한 책 《생존의 희극》(1974)[1]에서 문학이 생태 위기의 극복에 중요한 역할을 할 수 있다고 지적한다. 문학가라면 마땅히 자연과 환경을 지킴으로써 인류를 파멸의 구렁텅이에서 건지는 일을 떠맡아야 한다고 주장한다.

인간은 이 지구상에서 유일하게 문학을 가진 피조물이다. (…)

---

1 *The Comedy of Survival*

만약 문학을 창조해 내는 일이 인류의 중요한 특성이라면, 인간 행동과 자연 환경에 끼치는 문학의 영향을 찾아내기 위하여, 즉 인류의 안녕과 생존에 문학이 역할을 맡는다면 과연 어떠한 역할을 맡을 수 있는지, 인간이 다른 종種이나 인간을 에워싸고 있는 세계와 맺고 있는 관계에 문학이 어떠한 통찰을 가져다 줄 수 있는지를 결정하기 위하여 우리는 문학을 주의 깊게 그리고 정직하게 살펴보아야 한다. 문학이 우리를 이 세계에 좀더 잘 적응할 수 있도록 해 주는 활동인가, 아니면 오히려 우리를 그 세계로부터 좀더 멀어지게 하는 활동인가? 진화와 자연 도태의 냉혹한 관점에서 문학은 인간의 파멸보다는 인간의 생존에 이바지하는가? (Meeker, 1974: 3~4)

이렇게 문학이 생태 의식을 불러일으키고 궁극적으로 생태 위기를 극복하는 데 크게 이바지할 수 있는 것은 바로 문학만의 어떤 본질적 가치 때문이다. 자연과학이나 사회과학이 주로 차디찬 머리에 호소하는 반면, 문학을 비롯한 예술은 따뜻한 가슴에 호소한다. 자연과학이나 사회과학이 생태 문제를 관념적이고 추상적으로 다룬다면, 문학은 좀더 구체적이고 감각적으로 다룬다. 지금까지 왜 적지 않은 사람들이 문학을 철학이나 역사 같은 인문과학, 사회학이나 심리학 같은 사회과학보다 좀더 높은 반열에 올려놓으려고 하였는지 그 까닭을 알 만하다.

생태주의에서 무엇보다도 가장 문제되는 것이 바로 인간중심주의다. 인간이 만물의 영장이요 주인이라는 생각이 그동안 서구 세계에서 자연스럽게 그리고 널리 펴져 왔다. 서양이 동양보다 과학과 기술에 일찍 눈을 뜨게 된 것도 따지고 보면 자연을 지배와 정복, 더 나아가서는 착취의 대상으로 삼았기 때문이다. 인간은 삶을 좀더 편안하고 풍요롭게 하려고 자연을 오직 수단과 방법으로 삼았고, 이 과정에서 자연과 환경은 어쩔 수 없이 무참히 짓밟힐 수밖에 없었다. 개구리를 죽이지 않고서는 생체 실험을 할 수 없듯이 자연을 파괴하지 않고서 인간은 진보나 발전을 이룩할 수 없었다. 인간을 만물의 척도로 삼고 자연을 하찮게 여기는 서구 휴머니즘이 그동안 생태 질서에 크나큰 위협이 되어 왔음은 새삼 언급할 필요조차 없다.

유물론적 생태비평의 대두

21세기에 들어와 인문학자들이 부쩍 환경 문제에 관심을 기울인 데는 그럴 만한 까닭이 있다. 환경 위기나 생태계 위기의 심각성을 절감하면서도 인문학자들이 그동안 이 문제에 적절하게 대처하지 못했기 때문이다. 특히 그동안 환경 문제에서 주도적 역할을 해 온 환경역사학자들과 문학생태학자들에 대한 비판이 눈에 띄었다. 〈공동 기반의 지도를 만들다〉2라는 논문에서 필자들은 환경역사학과 생태비평의 한계를 지적한다.

    환경역사가들은 흔히 자연과학자들의 연구 결과에 의존하면서도 생태비평가들의 학문이나 환경철학의 작업은 거의 인용하지 않는다. 생태비평가들은 학제적 연구의 미덕을 입에 올리면서도 형식을 갖추는 것에 그쳤다. 그래서 생태비평의 실제 연구로 말하자면 그 결과는 다분히 제한적이다. 전반적으로 생태비평은 문학 연구의 한 분야로 힘들게 성취한 새로운 지위 때문에

---

2 "Mapping Common Ground"

자기만족에 빠지거나 편협해질 위험성이 있다(Bergthaller et al. , 2014: 262). **3**

위에 인용한 논문은 한 학자의 단독 연구가 아니라 무려 10명의 학자가 공동으로 참여한 연구 결과다. 이 연구에 참여한 연구자 중에는 로버트 에밋, 케이트 릭비, 리비 로빈 같은 그동안 환경인문학을 부르짖은 쟁쟁한 학자들이 포함되어 있다. 또한 미국을 비롯하여 오스트레일리아, 독일, 스웨덴 등 여러 국가에 걸쳐 국제적 규모의 학자들이 참여하였다. 그들은 환경역사학과 생태비평이 이룩한 업적을 인정하면서도 그 한계를 극복할 필요성을 역설한다. 이 두 분야를 비롯하여 그동안 환경 문제에 관심을 기울여 온 인문학 연구를 한 단계 향상시키지 않고서는 오늘날의 심각한 환경 위기나 생태계 위기를 극복할 수 없다고 한목소리로 말한다. 다시 말해서 그들은 환경 문제 해결을 위하여 인문학의 여러 분야가 공동으로 들어설 지형도를 작성함으로써 환경인문학의 발판을 마련하려고 하였다.

---

3 doi: 10. 1215/22011919-3615505.

이 공동 연구에 참여한 학자 중 한 사람인 로버트 에밋과 데이비스 나이는 최근에 출간한 《환경인문학: 비평적 입문》(2017)**4**에서 환경인문학이 추구해야 할 목표를 좀더 분명하게 천명한다. 그들은 "철학은 '물 자체'에 초점을 맞추는 대신 서식지에서의 유기체를 실용적으로 연구하는 일에 몰두해야 하고, 인간의 문화를 환경적 맥락의 일부 또는 좀더 큰 맥락에서 이해해야 하며, 인간은 다른 종과 비교하여 예외적인 권리를 소유하지 않고, 산업에 기반을 둔 서구 문화는 (비서구의 문화와 비교하여) 본질적으로 우수한 것이 아니다"라고 지적한다(Emmett & Nye, 2017: 174~175). 이 말 속에 환경인문학의 기본 개념이나 성격이 모두 들어 있다고 하여도 크게 틀리지 않을 것이다.

이 무렵 '전통적인' 생태비평에 대한 반작용으로 나타난 것이 바로 '유물론적' 생태비평이다. 유물론이라는 관용어에서도 엿볼 수 있듯이 이 유형의 비평은 무엇보다도 물질성에 무게를 싣는다. 다시 말해서 이 새로운 형태의 생태비평은 문화생태학과 신유물론의 하부 유형으로 볼 수 있다. 유물론적 생

---

4 *The Environmental Humanities: A Critical Introduction*

태비평은 지금까지의 생태비평이 비록 역사는 짧지만 여러 문제점을 지닌다고 반성하고 좀더 물질적인 측면에 주목하여 언어와 현실, 인간과 자연, 정신과 물질을 분석하려고 한다. 그동안 인간의 영역에만 국한한 작인의 개념을 인간이 아닌 생물이나 심지어 무생물, 자연 환경으로 확장한다.

유물론적 생태비평은 환경 문제를 다루는 데 다양한 양식의 의사소통을 보여 준다. 가령 순수문학과 대중문학을 포함한 모든 장르의 문학은 말할 것도 없고 풍경화 같은 미술, 정치 연설, 유해 독극물 담론, 질병 내러티브, 시민 저항 등은 이러한 경우를 보여 주는 좋은 예다. 특히 문학가들은 소설이나 희곡의 작중인물이나 시적 화자의 삶이 얽혀 있는 자연의 실재, 사물, 대상 등에 초점을 맞춘다.

예를 들어 유물론적 생태비평가들은 에우제니오 몬탈레가 시 작품에서 묘사하는 지중해, 토머스 하디가 《귀향》(1878)에서 묘사하는 에그던 히스 황무지, 조지프 콘래드의 《어둠의 심연》(1899)에서 묘사하는 콩고강 등에서 어떻게 물질과 의미가 유기적으로 연관되어 있는지 새롭게 밝혀낸다. 유물론적 생태비평가들은 비단 특정 장소에 그치지 않고 심지어 모자, 가발, 바지, 은행권, 책, 지팡이, 동전 같은 사소한 물건이나 고양이나 개, 원숭이, 곤충 같은 동물에도 관심을 기울인다. 그런가 하면 그들은 미적 범주를 확대하여 산업화의 부산물이라고 할 오염, 쓰레기, 소음, 누추함 등에도 주목한다. 한마디로 물질은 곧 설화성의 공간일뿐더러 어떤 의미에서는 텍스트 자체라고 할 수 있다.

유물론적 생태비평은 새로운 형태의 유물론 또는 물질주의의 한 지류로 출발했지만 좀더 멀리는 문화생태학에서 자양분을 받으며 성장하였다. 티머시 모튼이 주장하는 문화생태학을 한마디로 요약한다면 문학과 예술에 반영된 인간 문화의 기능, 구조, 진화 과정은 자연의 과정과 관련될 뿐 아니라 그것에 의존한다는 것이다. 모튼은 문화와 자연이 서로 연관성을 맺고 있다고 인정하면서도 전적으로 어느 한쪽에만 가치를 두는 태도는 경계한다. 문화와 자연을 이항 대립적으로 엄격히 구분 짓는 것은 옳지 않지만 문화나 자연을 규정하기 위해 대응되는 상대가 필요하기 때문이다.

시적 담론으로서의 문학

굳이 서양과 동양을 가르지 않고 그동안 문학은 인문학에서 핵심적인 위치를 차지해 왔다. 환경인문학에서 문학이 차지하는 위치를 이해하기 위해서는 시 한 편을 읽어보는 것으로 충분할 것 같다. 김광규金光圭는 〈생각의 사이〉라는 작품에서 그레고리 베이츤의 삼단논법처럼 유기적인 연관성을 노래한다.

시인은 오로지 시만을 생각하고
정치가는 오로지 정치만을 생각하고
경제인은 오로지 경제만을 생각하고
근로자는 오로지 노동만을 생각하고
법관은 오로지 법만을 생각하고
군인은 오로지 전쟁만을 생각하고
기사는 오로지 공장만을 생각하고
농민은 오로지 농사만을 생각하고
관리는 오로지 관청만을 생각하고
학자는 오로지 학문만을 생각한다면

이 세상이 낙원이 될 것 같지만 사실은

시와 정치의 사이

정치와 경제의 사이

경제와 노동의 사이

노동과 법의 사이

법과 전쟁의 사이

전쟁과 공장의 사이

공장과 농사의 사이

농사와 관청의 사이

관청과 학문의 사이를

생각하는 사람이 없으면 다만

휴지와

권력과

돈과

착취와

형무소와

폐허와

공해와

농약과

억압과

통계가

남을 뿐이다.

　　　　　　　— 김광규, 《안개의 나라》(서울: 문학과지성사, 2018)

　　김광규의 이 작품은 환경인문학과 관련하여 생각해 보면 볼수록 시사하는 바 자못 크다. 이 작품에서 시적 화자는 오직 한 가지 틀에 갇혀 생각하는 대신 '사이'와 '사이'에서 생각하는 것이 얼마나 소중한지 새삼 일깨운다. 시인이 말하는 이러한 태도를 우리는 '사이의 철학'이라고 불러도 좋을 것이다. '오로지 ～만'을 생각하는 사유 체계에서는 온갖 폐해가 독버섯처럼 솟아나지만 '～와(과) ～ 사이의' 사유 체계에서는 생명이 살아서 꿈틀거린다.

　　이 작품에서 시적 화자는 시적 진술을 '～하면 ～할 것 같지만 실제로는 그렇지 않다'는 논리적 구조에 기반을 둔다. 첫 행 "시인은 오로지 시만을 생각하고"에서 볼 수 있듯이 시인을 비롯한 문학가들이 문학에만 관심을 기울이면 "이 세상이 낙원이 될 것 같지만 사실은" 전혀 그렇지 않다. 물론 이 구절은 시인을 비롯한 문학가를 두고 하는 말이지만 좀더 시야를 넓혀 보면 환경인문학을 두고 말하는 것으로 읽힌다. 김광규 시인은 환경 위기 시대의 인문학자들에게 이제 전통적인 테두리에 안주하지 말고 현실 밖으로 뛰쳐나와 자연과학자들이나 사회과학자들과 손을 잡으라고 권유한다. 만약 그렇지 않으면 그가 창작한 작품은 한낱 한 조각 '휴지'로 남아 있을 수밖에 없을 것이다.

이 작품의 의미를 알기 위해서는 후반부를 좀더 찬찬히 뜯어볼 필요가 있다. "시와 정치의 사이 / 정치와 경제의 사이 / (…) / 농사와 관청의 사이 / 관청과 학문의 사이를"에서 문학은 어쩔 수 없이 다른 분야와 엮인다. 이것을 도식으로 그려보면 '시 → 정치 → 경제 → 노동 → 법 → 전쟁 → 공장 → 농사 → 관청 → 학문'이 된다. 시는 궁극적으로 학문으로 이어지면서 어떤 식으로든지 학문과 관련을 맺는다. 이렇게 관계적으로 "생각하는 사람이 없으면 다만" 온갖 폐해가 일어날 수밖에 없다. 마지막 연의 "폐허와 / 공해와 / 농약과 / 억압과 / 통계가 / 남을 뿐이다"라는 구절에서도 엿볼 수 있듯이 환경 위기나 생태계 위기도 궁극적으로 '사이'의 소중함을 무시하고 오직 하나의 가치만을 존중하는 태도나 세계관이 빚어낸 결과다.

지금까지 주로 시와 수필을 언급했지만 문학생태학이나 생태비평에서 스토리가 차지하는 몫도 무척 크다. '스토리'라고 하면 흔히 소설을 비롯하여 연극이나 영화 등의 이야기 줄거리, 즉 내러티브를 가리키는 것이 보통이다. 국어사전에 따르면 스토리란 ① 어떤 사물이나 사실, 현상에 대하여 일정한 줄거리를 가지고 있는 말이나 글, ② 자신이 경험한 지난 일이나 마음속에 있는 생각을 남에게 일러주는 말이나 글, ③ 어떤 사실에 관하여, 또는 있지 않은 일을 사실처럼 꾸며 재미있게 하는 말이나 글, ④ 소문이나 평판, ⑤ 문학 작품, 그중에서도 특히 소설을 말한다. 그러나 좀더 넓은 의미에서 스토리에는 말이나 글 같은 언어를 통한 내러티브뿐 아니라 이미지나 음성을 통한 내러티브도 포함된다.

요즈음 들어 주위에서 '스토리텔링'이라는 용어를 부쩍 자주 듣는다. 대학의 교과과정에서 스토리텔링을 다루는가 하면 기업체에서도 마케팅이나 기획, 홍보 등에서 그것을 중요하게 부각한다. 그만큼 최근 들어 스토리가 전보다 중요해졌다는 방증이다. 스토리텔링이란 누군가가 언어, 이미지, 음성을 통하여 이야기 형식으로 전달하는 방식을 말한다. 스토리 또는 내러티브는 모든 문화권에서 교육을 비롯하여 문화 보존과 오락과 유흥, 어떤 가치를 전달하는 방법 등으로 널리 사용되어 왔다.

그런데 스토리나 스토리텔링은 환경인문학에서도 아주 중요하다. 인류학자 그레고리 베이츤은 《정신과 자연》(1979)5 에서 스토리는 연관성이나 관련성과 관련성을 잇는 '작은 매듭' 같은 역할을 한다고 지적한다.

지금 내가 여러분에게 말하는 스토리에서 그 '스토리'라는 어휘가 무엇을 의미하든 내가 말하고 싶은 것은 다음과 같다. 스토리의 관점에서 생각한다는 것은 인간을 성게와 말미잘, 코코넛 나무와 앵초와 서로 떼어 놓지 않는다는 점이다. 이와는 반대로 오히려, 만약 이 세계가 서로 연관되어 있다면, 만약 내가 말하는 것이 본질적으로 옳다면 '스토리의 관점에서 생각한다'는 사실은 아메리카삼나무 숲의 정신이든 말미잘의 정신이든 모든 정신에 의하여 공유됨이 틀림없다(Bateson, 1979: 13).

---

5 *Mind and Nature*

베이츤은 스토리야말로 '만물의 영장'이라는 인간을 성게나 말미잘 같은 바닷속 바닥에 붙어살거나 기어 다니는 저서생물이나 코코넛이나 앵초 같은 식물을 포함한 다양한 생물들과 연관시키는 역할을 한다고 지적한다. 그는 이러한 관계를 살아 있는 생물에 국한하여 말하지만 그 범위를 좀더 넓혀 보면 바위 같은 무생물이나 물이나 공기 같은 것에도 마찬가지로 해당한다. 그러므로 '스토리의 관점에서 생각한다는 것'은 단순히 이야기나 내러티브를 전달한다는 것 이상의 깊은 의미가 있다. 또한 스토리의 기본 원리는 축어적이라기보다는 은유적이고, 논리적이라기보다는 생태적이며, 디지털적이라기보다는 아날로그적이다. 베이츤은 스토리를 '서로 연관되는 패턴'으로 보고, 이 패턴이야말로 생태학의 근본 원리라고 주장한다. 스토리는 계량적인 과학적 담론보다는 상상력에 기반을 둔 시적 담론에 속한다.

　　환경인문학과 관련하여 스토리와 스토리텔링의 중요성을 역설하는 사람으로 미국의 자연주의 작가 배리 로페즈를 빼놓을 수 없다. 그는 풍경을 '외적 풍경'과 '내적 풍경'의 두 유형으로 크게 나눈다. 전자는 자연 같은 물질세계를 말하고, 후자는 인간의 도덕적, 지적, 영적 계발에 따라 형성되는 심리 상태를 말한다. 그런데 로페즈에 따르면 아메리카 토착 원주민들에게 이야기나 내러티브는 아주 중요하여 그들은 외적 풍경들 사이의 관계를 살려 그것들을 내적 풍경에 투사한다. 다시 말해서 원주민들은 스토리텔링을 통하여 이 두 풍경 사이에서 조화를 꾀하려고 해 왔다. 로페즈는 "내적 풍경은 외적 풍경의 은유적 재현"이라고 말하면서 "진리는 도그마로써는 충분히 표현할 수 없고 오직 설득력 있는 내러티브를 특징짓는 역설, 반어, 모순으로 가장 잘 표현할 수 있다"고 지적한다. 로페즈에 따르면 외적 풍경을 지나치게 강조하는 태도는 곧 상상력의 결핍, 과학의 환원주의, 종교의 근본주의, 정치의 파시즘 등으로 나타난다(Lopez, 1989: 67~68, 71).

베이트의 낭만적 생태학

1980년대 말엽 처음 모습을 드러낸 생태비평 또는 문학생태학은 통학문적 관점에서 문학과 환경 연구에 초점을 맞추는 문학 연구 분야를 두루 일컫는 용어다. 생태비평가들은 문학 텍스트가 어떻게 자연과 환경을 주제를 취급하는지에 관심을 기울인다. 기존의 문학연구가들과는 달리 그들은 자연과 환경 문제를 전면에 내세움으로써 인간이 자연과 환경을 좀더 다른 시각에서 생각하고 행동하기를 촉구한다. 생태비평을 랠프 월도 에머슨이나 마거릿 풀러, 헨리 데이비드 소로 같은 미국의 문필가에서 흔히 볼 수 있는 '자연에 관한 글'에 관한 연구로 한정하는 것은 초기 단계의 생태비평에 속한다. 생태비평이 환경인문학의 개념적 우산 속에 들어가기 위해서는 횡단학문적 정신이 필요하다. 인문학의 다른 분야에서 이루어 낸 성과를 비롯하여 사회과학이나 자연과학 분야에서 이룩한 여러 통찰을 토대로 문학 작품을 환경과 관련하여 새롭게 읽어내야 한다.

이 점에서 영국 비평가 조너선 베이트는 생태비평을 실천한 대표적 학자 중 하나로 꼽힌다. 그는 영국 낭만주의 시인들의 작품을 생태주의나 환경 위기라는 새로운 관점에서 읽어내어 관심을 끌었다. 조지 고든 바이런이 1816년에 발표한 작품 〈암흑〉은 그중에 하나다.

나는 꿈을 꾸었지만, 그것은 전혀 꿈이 아니었네.
밝은 태양이 꺼져 버렸고, 별들은

어둠 속 영원의 공간 속에서 방랑했네.

빛도 없고 길도 없이. 얼음 같은 지구는

제멋대로 선회했고

달도 없는 대기 속에서

검게 되어 가고 있었네.

아침은 오고 갔네. ― 그리고 왔지만 날은 오지 않았네.

사람들은 이러한 두려움 속에서 정열을 잊고

처량함을 잊었네. 모든 가슴은

빛을 갈구하는 이기적인 기도로 얼어붙었네.

그들은 모닥불로 살아갔네. ― 그리고 왕관과

왕관을 쓴 왕들의 궁전들은 ― 오두막들과

모든 거주지들은 등대를 위해 불태워졌네. 도시도 소멸되고

사람들은 불타오르는 집 안에 둘러앉아

다시 한 번 서로의 얼굴을 바라볼 뿐.

바이런이 이 작품을 쓴 것은 1816년 여름 스위스 제네바에
서였다. 그래서 어떤 비평가들은 이러한 전기적 사실에 주목
하여 이 작품의 어두운 상황과 분위기를 결혼의 파탄과 스캔
들로 영국 사회에서 쫓겨나다시피 하여 제네바로 건너온 바이

런의 삶의 표현으로 읽는다. 한편 전기적 사실보다는 텍스트의 내재적 의미에 무게를 두는 연구자들은 그것을 성경의 묵시록적 비전과 연관시킨다. 그런가 하면 당시 영국에서 널리 읽히던 프랑스 소설가 쿠쟁 드 그랭빌이나 매슈 루이스의 고딕 소설과 연관시켜 해석하는 학자들도 있다.

그러나 베이트는 〈암흑〉을 기존의 비평가들과는 전혀 다른 관점에서 새롭게 해석한다. 그는 "나는 꿈을 꾸었지만, 그것은 전혀 꿈이 아니었네. / 밝은 태양이 꺼져 버렸고, 별들은 / 어둠 속 영원의 공간 속에서 방랑했네"라는 첫 시행을 은유가 아닌 사회적 공간과 역사적 시간에서 일어난 구체적인 실제 사실로 해석한다. 바이런이 이 작품을 쓰기 1년 전인 1815년 인도네시아 탐보라산의 휴화산이 갑자기 대규모로 폭발하였다. 이 폭발 당시 화산 쇄설류碎屑流로 숨바와섬 인구 1만 2천 명이 대부분 사망하였고 생존자는 겨우 26명밖에 되지 않았다. 인도네시아 언론이 1815년 당시 탐보라 화산 폭발과 관련 직접 피해로 숨진 주민이 7만여 명에 이른다고 보도한 것을 보면 실제 희생자는 그보다 더 많을 것이다.

더구나 막대한 양의 화산재는 대류권을 넘어 성층권으로 올라가 지구 주위를 돌면서 태양 에너지를 차단하여 지구의 기온을 낮추었다. 화산재에 포함된 이산화황은 태양광을 많이 흡수하여 대류권의 온도를 강하시키는 요인으로 작용하기 때문이다. 과거 400여 년에 일어난 화산 분출 중 가장 강력한 탐보라 화산 폭발은 지구 일조량을 15~20%나 감소시킨 1883년의 크라카타우아 화산 폭발을 훨씬 능가하는 재앙이었다. 또 최근 1980년의 세인트헬렌스 화산 폭발의 100배에 해당한다. 탐보라 화산 폭발은 1812년 카리브해 세인트 빈센트 섬의 수프리에르 화산 폭발, 1814년 필리핀의 마욘 화산 폭발이 일어난 지 얼마 되지 않은 시점이어서 그 폐해는 더욱 가중될 수밖에 없었다.

이렇게 화산재가 대기를 뒤덮으면서 유럽에는 해가 뜨지 않아 그야말로 '암흑' 세계가 되다시피 하였다. 베이트는 바이런이 〈암흑〉에서 묵시록적 상황을 묘사하는 데는 탐보라 화산 폭발이 영향을 끼쳤다고 주장한다. 베이트는 이러한 주장을 펴는 근거로 당시의 기상 자료를 제시한다.

1816년 스위스에서는 4월에서 9월까지 183일 중 130일 동안 비가 내렸다. 그해 7월 스위스의 평균 기온은 1807~1824년 사이의 평균 기온에 비하여 화씨 4.9도가 낮았다. 바이런이 제네바에서 몸을 떨었듯이 고국의 독자들도 몸을 떨었다. 1816년 7월 런던에는 18일 동안 비가 내렸고, 화씨 70도가 넘는 날은 단 하루밖에 없었다. 그 전 해 같은 달에는 화씨 21도 넘는 날이 19일이었고, 비가 온 날이 3일이었다. 1816년 8월에 화씨 70도 넘는 날은 겨우 2일에 불과했지만 전해에는 13번이었다(Bate, 2000: 433).

이렇게 탐보라산의 화산 폭발로 인도네시아와 그 인근 지역은 말할 것도 없고 유럽도 이상기후로 큰 어려움을 겪었다. 이 해는 유럽에서 1766년에서 2000년 사이에 여름 기온이 가장 낮았던 해로 기록되었다. 기후학자들은 이처럼 여름동안 비가 줄곧 내리고 기온이 곤두박질치는 이상기후가 유럽과 북아메리카 전 지역에 지속된 것을 자료를 통하여 확인하고 1816년을 '여름이 없는 해'로 불렀다. 바이런 자신도 이 무렵 영국의 한 친구에게 보낸 편지에서 "이런 끔찍한 연무, 안개, 비 그리고 끝이 없을 것 같은 칙칙함"이 지속되고 있다고 언급한 바 있다. 영국은 한반도와 위도가 비슷하면서도 해양성 기후에다 대서양에서 불어오는 남서풍으로 말미암아 날씨가 불순하기로 유명하다. 그래서 그들이 아침에 일어나자마자 나누는 첫 마디 인사가 '굿 모닝'이다. 영국인들이 해외로 휴가를 떠나는 이유는 바로 해를 보기 위해서라는 말이 있을 정도다.

이러한 탐보라 화산 폭발에 따른 지구의 기상 이변은 무려 3년이나 계속되었다. 무엇보다도 일조량 부족으로 지구 전체에 작물 생산량이 눈에 띄게 줄어들었다. 1816년부터 시작된 작물 생산량 부족은 유럽의 거의 모든 국가에서 식량 폭동으로 이어져 사회 문제로 비화되었다. 브라이언 페이건에 따르면 1816년 5월 잉글랜드 동부 지방에 비가 너무 많이 내려 곡물 가격이 급등하고 농촌 고용이 크게 줄어들었다. 농장에서 해고된 노동자들은 농장주의 집을 습격하고 약탈하고 곡물 창고에 불을 지르고 곡물을 꺼내 갔다. 창으로 무장한 노동자들은 "빵 아니면 피"라고 쓴 깃발을 들고 행진할 정도였다. 이러한 문제는 비단 잉글랜드에만 그치지 않고 영국의 다른 지역도 마찬가지였다. 가령 스코틀랜드의 던디에서는 2천여 명의 군중이 상점 100여 곳을 기습하여 물건을 약탈해 갔고 한 곡물 상인의 집에 불을 질렀다(Fagan, 2001: 173~174).**6** 질서

---

6 시위에 참여한 노동자들이 깃발에 적은 "빵 아니면 피"라는 구호는 한국어로 번역하는 과정에서 그 의미가 희석되었지만, "Bread or Blood"라는 영어는 소리와 의미에서 훨씬 더 피부에 와 닿는다. 서양인의 주식은 밥이 아

회복을 위하여 정부가 군대를 동원해야 할 정도로 식량 사태가 악화되었다.

암흑에서 광명으로

조너선 베이트는 바이런의 〈암흑〉에 이어 존 키츠의 〈가을에게〉도 환경인문학의 관점에서 새롭게 읽어낸다. 키츠는 모두 3연으로 구성되어 있는 이 시를 1819년 9월 집필하여 이듬해 시집을 출간할 때 수록하여 발표하였다. 이 작품을 쓰게 된 배경을 두고 그는 친구에게 보낸 편지에서 가을 하늘이 너무 청명하고 가을 풍경이 아름다워서 자신의 심금을 울렸기 때문이라고 밝힌다. 조금 길지만 이 작품을 원문과 함께 모두 인용하기로 한다.

    안개와 열매가 무르익는 결실의 계절
    만물을 성숙시키는 태양과 절친한 친구여,

니라 빵이고, 빵은 곧 생명과 다름없는 피를 만들어내기 때문이다.

태양과 공모하여 초가의 처마를 휘감은

포도 덩굴에 열매를 매달아 축복하고

이끼 낀 오두막 나무들을 사과로 휘게 해

열매마다 속속들이 익게 하네.

조롱박을 부풀리고 개암 껍질 속

달콤한 속살을 여물게 하고, 꿀벌들을 위해

늦은 꽃들의 망울을 다시 피워 내서는

더운 날들이 끝나지 않을 거라고 믿는 꿀벌들로

여름이 끈적끈적한 벌집을 흘러넘치게 했기에.

누구인들 그대 창고에서 그대를 보지 못했으랴?

이따금 찾아 나서면 누구든 발견할 수 있으리

그대는 곡물 창고 바닥에 퍼질러 앉아

바람에 머리카락을 나부끼며 키질하고 있네.

낫질을 하다 말고 양귀비 향기에 취해 졸린 듯

다음 이랑의 곡식이며 뒤엉킨 꽃들을 남겨 둔 채

반쯤 베어 낸 밭두렁에 깊이 잠들어 있네.

그리고 이따금 그대는 이삭 줍는 사람처럼

짐을 얹은 머리를 가누며 도랑 건너편을 향해 가거나,

사과 압축기 곁에서 참을성 있게

마지막 방울까지 몇 시간을 지켜보고 있으니.

봄의 노래는 어디에 있는가? 아, 어디에 있는가?

봄노래는 생각지 말라, 그대 또한 그대의 노래가 있으니 ―

물결구름이 부드럽게 사라지는 낮을 꽃피워

그루터기만 남은 들판을 장밋빛으로 물들일 때면

갯버들 사이에선 각다귀들이 가벼운 바람결에 휘날리거나

불었다 잦아지는 하늬바람에 위로 들려

구슬픈 합창으로 사려져 가는 하루를 슬퍼하네.

다 자란 양 떼들 언덕배기에서 요란스레 울어대고

귀뚜라미들 울타리에서 노래하고, 지금 부드러운 고음으로

울새가 채소밭에서 휘파람을 불고,

키질하는 모여든 제비들은 하늘에서 지저귀고 있네.

이 작품을 읽고 있노라면 오곡백과가 무르익는 풍성한 가을의 모습이 눈앞에 선하게 떠오른다. 그만큼 키츠는 시각과 청각을 비롯한 온갖 이미지로 독자의 감각을 한껏 자극한다. 자식에게 먹이를 주고 보살피는 어머니로서의 대자연과 우주

의 질서에 따라 어김없이 찾아오는 계절의 순환을 노래한 작품으로 손색이 없다. 일반적 범주로 보면 이 작품은 '자연 시'에 넣을 수 있지만 환경인문학의 관점에서 이 시를 읽으면 이와는 전혀 다른 의미로 다가온다.

베이트는 이 작품에 대한 '낭만적 이데올로기'를 주장하는 제롬 맥갠과 예일학파의 한 멤버인 제프리 하트먼의 해석을 먼저 문제 삼는다. 맥갠은 출간과 관련한 역사, 미술과의 관련성, 당대의 사회적 현실 등 이 작품을 신역사주의의 관점에서 읽었다. 한편 하트먼은 해체주의적 시각에서 비역사적으로 읽었다. 그러나 베이트는 이 두 해석에 모두 문제가 있다고 주장한다. 그는 바이런의 〈암흑〉처럼 구체적인 역사적 맥락에서 이 작품을 읽어야 한다고 지적한다. 그가 말하는 역사적 맥락이란 다름 아닌 탐보라 화산 폭발과 그에 따른 기후 변화를 말한다. 베이트는 이데올로기는 궁극적으로 기후에 따라 결정될지도 모른다고 한 몽테스키외의 말을 상기시킨다.

베이트는 키츠가 이 작품을 쓴 역사적 상황에 주목할 것을 주문한다. 탐보라 화산 폭발이 가져온 이상저온 현상은 키츠가 이 시를 쓴 1819년에 이르러서야 비로소 정상을 되찾았다. 키츠가 윈체스터 지방을 산책하면서 이렇게 안도감과 환희를 느낄 수 있었던 것은 3년 만에 기후가 정상으로 돌아왔기 때문이다. 영국의 낭만주의 시인 중에서도 키츠만큼 날씨에 민감한 사람도 일찍이 없었다. 그는 누이동생 패니에게 보낸 편지에서 "두 달 동안 우리가 누린 상쾌한 날씨는 내가 누릴 수 있는 최대의 행복이다"니 "나는 상쾌한 날씨를 가장 큰 축복으로 아주 좋아한다"니 하고 털어놓았다. 동생 조지와 그의 아내 조지애너에게 보낸 글에서도 "나는 고독과 함께 궂은 날씨를 어떻게 견뎌야 할지 모른다"고 고백하였다.

생태비평가 베이트는 키츠가 보기 드물게 오랜만에 〈가을에게〉에서 이렇게 감정이 들뜬 것은 탐보라 화산 폭발의 여파가 3년 만에 가라앉으면서 영국의 날씨가 정상적으로 돌아왔기 때문이라고 지적한다. 실제로 키츠는 누구보다도 화사하고 상쾌한 가을 날씨에 안도감과 함께 말할 수 없는 기쁨을 느꼈다. 베이트에 따르면 그 해 영국에서는 8월 7일에서 9월 22일까지 47일 중 무려 38일 동안 날씨가 화창하였다. 또 이 해 9월의 평균 기온도 줄잡아 화씨 65도 정도였다. 지난 3년 같은 기간의 평균 온도 화씨 55도 정도와 비교하면 엄청난 차이가 난다. 날씨에 큰 영향을 받는 농작물은 1816년에는 태양을 볼 수 없는 '암흑'으로 농사가 완전히 실패로 돌아갔고, 1817

~1818년에는 흉작이었다. 그러다가 1819년에 이르러서야 마침내 풍년이 들었다. 2연에서 키츠가 "누구인들 그대 창고에서 그대를 보지 못했으랴? / 이따금 찾아 나서면 누구든 발견할 수 있으리 / 그대는 곡물 창고 바닥에 퍼질러 앉아 / 바람에 머리카락을 나부끼며 키질하고 있네"라고 노래하는 것도 무리가 아니다.

1819년에 이르러 이렇게 풍성한 결실을 맺은 것은 비단 농작물만이 아니었다. 1819년은 시인으로서의 키츠에게도 풍성한 결실을 맺은 해였다. 바로 이 해에 그는 〈가을에게〉 말고도 그의 대표작이라고 할 〈성 아그네스 전야〉와 〈자비심 없는 아름다운 여인〉을 썼다. 패니 브라운을 만나 사랑에 빠진 것도 이즈음이다. 《엔디미온》(1818)에서 엿볼 수 있듯이 패니는 키츠에게 시적 영감을 주는 예술의 신 무사의 역할을 하였다.

키츠는 방금 앞서 언급한 레널즈에게 보낸 편지에서 이 무렵 더할 나위 없이 맑은 가을 하늘을 정결의 상징인 달의 여신 디아나에 빗댄다. 이와 관련하여 베이트는 "낮질을 하다 말고 양귀비 향기에 취해 졸린 듯"이라는 2연의 구절을 주목한다. 양귀비는 디아나에게 신성한 꽃이기 때문이다. 그리스 신화에서 아르테미스에 해당하는 디아나 또는 야나는 사냥의 여신으로 야생동물과 숲, 달을 관장하는 여신이다.

이렇듯 〈가을에게〉 전체를 지배하는 이미지나 상징은 여성이나 여성과 관련한 것들이 대부분이다. 이 작품은 에코페미니즘 관점에서 읽어도 무리가 없다. 실제로 베이트는 셰리 오트너와 캐럴 머천트를 언급하면서 그러한 시각에서 이 작품을 해석하기도 한다. 베이트는 "자연에 대한 여성의 현명한 수동성과 반응은 전형적으로 에코페미니즘적이다"라고 잘라 말한다. 오트너는 여성과 남성의 관계는 자연과 문화의 관계와 같다고 천명하였다. 그 뒤를 이어 머천트도 《자연의 죽음》에서 한편에는 계몽주의적 과학과 기술과 남성성, 다른 한편에는 여성의 착취와 지구의 착취가 서로 깊이 연관되어 있다고 주장한다(Bate, 1996: 443; Ortner, 1974: 67~87; Merchant, 1990: 1~41).

그러나 〈가을에게〉를 좀더 찬찬히 살펴보면 키츠는 이 작품에서 여성성 못지않게 남성성이 중요하다고 노래한다. 첫 연의 "태양과 공모하여 초가의 처마를 휘감은 / 포도 덩굴에 열매를 매달아 축복하고 / 이끼 낀 오두막 나무들을 사과로 휘게 해 / 열매마다 속속들이 익게 하네"에서 태양에 주목해야 한다. 달의 여신 디아나 못지않게 중요한 것이 태양신이다. 여기서 핵심적 어휘는 '공모하여'라는 동사다. 만약 태양신의 공모가 없었더라면 키츠가 그토록 예찬해 마지않는 가을의 풍요는 기대할 수 없다. 탐보라 화산 폭발 이후 3년 동안 흉작과 기근에 시달린 것은 바로 일조량이 부족했기 때문이다. 참다운 의미의 에코페미니즘이라면 남성성을 배제하지 않고 여성이나 여성성의 동반자로 간주한다. 짐을 한쪽에 너무 많이 실어 배가 침몰할 때 짐을 다시 반대쪽에 싣는다고 침몰을 면할 수 없다. 배가 침몰하지 않으려면 짐을 배의 한중간에 실어야 할 것이다.

조너선 베이트의 생태비평에서 무엇보다도 주목해 보아야 할 것은 자연에 관한 전통적인 마르크스주의와 신역사주의 견해를 거부한다는 점이다. 잘 알려진 것처럼 마르크스주의와 신역사주의자들은 자연을 문화적으로나 사회·정치적으로 구성된 산물로 파악한다. 또한 그들은 자연을 긍정적으로 노래하는 낭만주의 시인들이 독자들에게 계급적 이해관계가 있는 것 같은 그릇된 환상을 심어 주었다. 그러나 베이트는 이러한 '낭만적 이데올로기'에 맞서 그가 말하는 '낭만적 생태학'을 부르짖는다.

한국 시와 환경인문학

1815년의 인도네시아 탐보라 화산 폭발은 비단 영국을 비롯한 유럽뿐 아니라 한반도 같은 동아시아에도 영향을 끼쳤다. 이렇듯 환경 위기나 생태계 위기는 전 지구적인 문제여서 한반도라고 하여 조금도 예외가 되지 않는다. 다만 당시 기상조건에 따라 인도네시아 동쪽보다 서쪽에 위치한 유럽이 더 많은 피해를 보았을 뿐이다. 20세기에 들어와 한국은 서구에서 몇백 년 걸려 이룩한 근대화를 불과 몇십 년 안에 이룩하였고, 그 결과 환경 문제가 서구 못지않게, 어떤 의미에서는 서구보다 훨씬 더 심각하다.

환경인문학과 관련하여 김용락 金龍洛의 〈대구의 페놀 수돗물〉은 한국의 문학 작품 중에서 특히 주목해 볼 만하다. 경상북도 의성에서 태어난 그는 1984년 창작과비평사 신작 시집으로 《마침내 시인이여》를 출간하면서 공식적으로 문단에 데뷔하였다. 안동과 대구를 기반으로 그동안 대학과 신문사, 방송사에서 일하면서 꾸준히 시를 써 왔다.

그날 그 도시에 사건이 있었다

어느 날 갑자기 수돗물을 마신 시민들이

영문도 모르게 설사와 구토 피부병을 시작했고

임신 중인 산모들이 태아를 유산하기 위해 병원을 찾았다

괴기 공포 영화에서나 있을 법한 일이

그 도시에선 현실이었다

나치스는 2차 대전 중에 유태인을 학살하기 위해

페놀주사를 포로들의 심장에다 직접 꽂아

보다 신속하게 사람을 죽였다고 한다

그 페놀을 재벌기업이 상수도 수원지에 쏟아부었고

시민들은 즉각 생수를 사먹고 차를 몰고

물을 떠나르기 위해 인근 산속에서 법석을 떨었다

그건 중산층의 손쉬운 이기심이었다

생후 10개월짜리 갓난 딸애를 가진

염색공장 노동자 김이박씨

생수 사먹을 여유가 없는 저임금의 노동자

물 뜨러 시외 나갈 승용차 한 대 없는 김이박씨

공단에서 퇴근해 월셋방에 돌아와

우유 탈 물을 못 구해 쩔쩔매는 아내를 부여안고

그는 울부짖었다 짐승처럼

"이젠 마시는 수돗물마저 계급적이어야 하나?"

　　　— 김용락, 《기차 소리를 듣고 싶다》(서울: 창비, 1996)

　첫 연의 첫 행 "그날 그 도시에 사건이 있었다"에서 '그날'은 1991년 3월 14일을 말하고, '그 도시'란 대구를 말한다. 시적 화자의 말대로 그 날 그 도시에서는 괴기 공포 영화에서나 볼 수 있는 해괴한 일이 일어났다. 화자가 말하는 해괴한 사건이란 바로 흔히 '낙동강 페놀 오염사건'으로 일컫는 환경 사고를 말한다. 1991년 3월 14일 오후 10시부터 이튿날 오전 6시까지 경상북도 구미 공업단지의 두산전자에서 페놀 원액 30여 톤이 낙동강 지류인 옥계천에 누출되었다. 시적 화자는 "그 페놀을 재벌기업이 상수도 수원지에 쏟아부었고"라고 말하지만 실제 사실과는 조금 다르다. 조사결과 페놀을 공급하는 파이프라인의 이음새가 파열되어 유출된 것으로 밝혀졌다. 옥계천으로 흘러들어간 페놀은 16일 대구시 수돗물의 70%를 공급하는 다사 취수장으로 유입되었고, 오염된 물은 수돗물로 만들어져 대구시에 그대로 공급되었다. 당시 수돗물의 페놀 수치가 무려 0.11ppm까지 올라간 지역도 있었는데, 이는 당시 대한민국의 허용치인 0.005ppm의 22배, 세계보건기구의 허용치인 0.001ppm의 110배에 이르는 수치였다.

대구 페놀 수돗물 사건은 규모나 파급 효과로 보아 그 이전의 수돗물 사건을 훨씬 뛰어넘는다. 비단 페놀로 오염된 수돗물은 유해성을 접어두고라도 수돗물의 악취도 무척 심하였다. 당국은 페놀이 정수처리 과정에서 사용하는 염소와 결합하면 치환 작용으로 악취가 최고 1만 배나 증가하는 클로로페놀로 변한다는 사실을 까맣게 모른 채 무턱대고 소독제만 쏟아부어 사태를 악화시켰다. 페놀에 오염된 수돗물을 마신 대구 시민들은 구토·설사·복통 등을 호소하였고, 심지어 산모는 아이를 유산하는 사태까지 일어났다. 또 수돗물로 만든 두부·김치·콩나물 같은 식품은 악취와 유해성 때문에 폐기 처분해야 하였다. 대구시나 정부는 페놀로 오염된 수돗물로 시민들이 큰 불편을 겪고 있는데도 48시간 동안 수돗물이 안전하다는 말만 되풀이할 뿐 아무런 대응책도 내놓지 못하였다.

김용락의 〈대구의 페놀 수돗물〉에서 무엇보다도 눈여겨볼 부분은 마지막 두 연이다. 시적 화자는 피해자 중 한 사람으로 "생후 10개월짜리 갓난 딸애를 가진 / 염색공장 노동자 김이박씨"를 언급한다. 그런데 한국 이름 중에 '김이박'이라는 이름은 좀처럼 찾아볼 수 없다. '김이박'은 이름이 아니라 한국의 성씨 중 가장 많은 김 씨, 이 씨, 박 씨를 한데 묶어 부른 것이다. 말하자면 김이박은 특정 인물이 아닌 갑남을녀나 필부필녀를 뜻한다. 그는 저임금에 시달리는 노동자로 "생수 사먹을 여유가 없는" 사람이다. 생수를 사먹을 여유가 없을뿐더러 심지어 약수를 뜨러 나갈 자동차도 없는 그는 가난한 노동자다. 그래서 그는 갓난아이에게 먹일 우유를 탈 물마저 구하지 못해 어쩔 줄 모르는 아내를 부둥켜안고 짐승처럼 울부짖는다.

〈대구의 페놀 수돗물〉에서 환경과 관련한 메시지는 오직 한 행으로 된 마지막 연 "이젠 마시는 수돗물마저 계급적이어야 하나?"에서 엿볼 수 있다. 시적 화자가 '이젠'이라는 부사와 '마저'라는 조사를 사용한다는 점을 주목해 보아야 하다. 1991년 이전에 수돗물 말고도 빈부를 구별 짓는 여러 요소가 있었다는 것을 암시하기 위한 표현이다. 의식주 중에서 이제는 마침내 먹는 수돗물에서조차 빈부 차이를 느낄 수 있다는 뜻이다. 상수도는 하수도와 더불어 가장 기본적인 사회 기반

시설로 국가에서 막대한 돈을 들여서라도 최우선적으로 정비하는 사업이다. 그런데도 시민이 이렇게 마음 놓고 수돗물을 마시지 못한다는 것은 국가의 정책적 실수를 보여 주는 엄청난 사건이다.

그러나 "이젠 마시는 수돗물마저 계급적이어야 하나?"라는 마지막 구절에서 뭐니 뭐니 하여도 가장 돋보이는 어휘는 다름 아닌 '계급적'이다. 카를 마르크스와 프리드리히 엥겔스는 일찍이 《공산당 선언》(1848)에서 "인류의 모든 역사는 계급 투쟁의 역사다"라고 부르짖었다. 여기서 그들이 말하는 계급이란 두말할 나위 없이 자본주의 시대의 경제적 계급을 일컫는다. 김용락이 시적 화자의 입을 빌려 말하는 '김이박' 씨는 노동력을 팔아서 생계를 유지하고 봉급을 받으며 살아가는 피지배 계급, 즉 프롤레타리아 또는 노동자 계급에 속한다. 노동자들이 만들어내는 잉여가치 등을 통하여 수입을 얻는 부르주아 계급과는 달리, 그들은 자본을 위하여 일하는 것밖에는 달리 선택의 여지가 거의 없는 사람들이다. 비록 배관 노후에 따른 실수라고는 하지만 페놀을 낙동강에 흘려보낸 염색 공장 주인과 월세방에 살면서 갓난아이의 우유 탈 물을 구하지 못해 쩔쩔매는 아내를 부여안고 울부짖는 노동자 사이의 첨예한 계급적 대립을 읽을 수 있다.

그런데 여기서 또 한 가지 눈여겨볼 것은 시적 화자가 "이젠 마시는 수돗물마저 계급적이다"라고 단정 지어 말하는 대신 "이젠 마시는 수돗물마저 계급적이어야 하나?"라고 수사적 질문을 던진다는 점이다. 독일의 사회학자 울리히 벡은 《위험사회》(1986)에서 환경 위기를 현대 사회의 핵심적 위험 요소로 파악한다. 그가 이 책을 집필하던 1986년 봄 옛 소련, 즉 오늘날의 우크라이나 체르노빌 원자력 발전소에서 히로시마廣島에 투하됐던 원자폭탄 400배에 이르는 양의 방사능 물질이 지상에 그대로 유출되는 최악의 폭발사고가 일어났다. 벡은 유럽 전체를 공포에 몰아넣은 이 사고를 목도하면서 방사능은 빈부도 계급도 따지지 않고 모든 사람을 죽음으로 몰고 간다는 사실을 깨달았다. 그래서 그는 이 책에서 "빈곤에는 계급이 있지만 스모그는 민주적이다"라는 유명한 명제를 제시하여 관심을 끌었다(Beck, 1992: 36).

벡과는 조금 다른 맥락이지만 그동안 포스트식민주의 이론을 정립하는 데 크게 이바지한 인도 태생의 역사가 디페시 차크라바티도 이와 비슷한 말을 언급한 적이 있다. 2013년 독일의 '세계문화의 집HKW'이 주최한 '인류세 프로젝트' 기조연설에서 그는 "지구온난화는 논리에는 벗어나지만 본질적으로 그리고 불합리하게도 인간의 불공평에 무관심하다"고 밝힌다 (Chakrabarty, 2013; Adamson & Davis, 2017: 198). 그가 말하는 '불공평'이란 비단 경제 자산이나 소득 격차에 따른 경제적 불평등만을 뜻하지 않는다. 권력이 사회적으로 불평등하게 분배되는 정치적 불평등, 사회적 위신이나 명예, 신뢰도, 교육 수준 등에 따른 사회·문화적 자원의 불평등, 정보 격차에서 비롯하는 정보 불평등을 포함한 온갖 형태의 불공평을 의미한다. 특히 한때 영국령 인도의 수도였던 콜카타에서 태어난 차크라바티로서는 제국주의의 식민지 통치를 받는 피식민지 주민이나 국제사회에서 제3세계 국가 국민으로서 겪는 불평등을 염두에 두었을 것이다. 한편 차크라바티는 불평등만을 언급하지만 실제로는 평등과 공정도 마찬가지다. 지구온난화는 평등과 공정을 부르짖는 사람들도 피해 가지 않는다.

이 점에서 차크라바티가 말하는 지구온난화는 벡이 말하는 스모그보다 훨씬 더 심각하다. 지난 10여 년 전부터 지구촌 주민이 곳곳에서 겪고 있는 대형 화재, 허리케인이나 태풍, 홍수, 가뭄, 심지어 지진과 해일 같은 엄청난 자연재해, 좀더 정확히 말해서 인간이 불러온 재해는 지금 인류 전체를 위협하고 있다. 그런데 문제는 이러한 자연재해 또는 인재가 날이 갈수록 그 정도가 훨씬 심해진다는 데 있다.

하이쿠와 환경인문학

5-7-5의 17음 단 한 줄의 짧은 시에 찰나와 우주를 담는다는 일본의 전통 시가 하이쿠도 영국의 낭만주의 시나 소설처럼 환경인문학의 관점에서 읽으면 그 의미가 새롭게 다가온다. 특히 에도江戸시대에 활약한 마쓰오 바쇼松尾芭蕉, 요사 부손与謝蕪村, 고바야시 잇사小林一茶의 작품에서는 더더욱 그러하다. 일본의 하이쿠 학자 야마시타 가즈미山下一海는 "이른바 에도 시대 시인의 세 거두인 바쇼, 부손, 잇사의 구의 특징을 각각 한 글자로 나타낸다면 바쇼는 도道, 부손은 예藝, 그리고 잇사는 생生"이라고 평한다(山下一海, 1976: 397).

하이쿠에서 무엇보다도 중요한 것은 언어를 극도로 절제하여 사용하는 일이다. 하이쿠 시인들은 언어의 장인답게 '지금 여기'에 존재하는 찰나의 순간과 우주를 담아내기 위하여 언어의 칼을 갈고닦는다. 우키요에浮世繪가 서구의 인상파

화가들에게 영향을 끼쳤듯이 하이쿠도 에즈라 파운드를 비롯한 서구 이미지즘 시인들에게 큰 영향을 끼쳤다. 영국의 낭만주의 시인 윌리엄 블레이크는 "한 알의 모래 속에서 세계를 보며, 한 송이 들꽃에서 천국을 보라. 그대 손바닥 안에 무한을 쥐고, 한순간 속에 영원을 보라"고 노래한 적이 있다. 하이쿠 시인들도 블레이크처럼 모래알처럼 하찮은 것에서 광활한 우주를 바라보고 연약한 들꽃 한 송이에서 천국의 아름다움을 보려고 하였다. 고바야시 잇사가 "아름답구나 / 창호지 문구멍으로 내다본 / 밤하늘의 은하수여"라고 노래한 까닭이다.

방금 앞에서 김용락은 드러내놓고 환경 문제를 거론하지만 하이쿠 시인은 좀처럼 드러내지 않고 에둘러 표현하기 일쑤다. 비유적으로 말해서 김용락의 작품이 환경 위기의 몸매를 훤히 드러낸다면 하이쿠는 베일로 가린 채 좀처럼 몸매를 드러내지 않는다. 그러나 이렇게 베일에 감춰진 몸매를 드러내게 하는 것이 곧 환경인문학자, 그중에서도 생태비평가의 몫이다.

하이쿠에서 환경 위기의 몸매를 드러내게 하기 위해서는 무엇보다도 먼저 일본 전통 시가에 대한 선입견을 버려야 한다. 가령 하이쿠는 얼핏 보면 자연의 아름다움을 노래하는 것처럼 보인다. 실제로 메이지明治 시대 일본 정부의 초청으로 일본에 와 도쿄대 교수를 지낸 배질 홀 체임벌린은 하이쿠를 두고 "어느 한순간 대자연을 향하여 열려 있는 창"이라고 말한 적이 있다. 영국인인 그는 일본에서 가장 오래된 역사서 중의 하나인 《고지키》7를 영어로 번역하는 등 서양인으로서는 처음 일본학을 연구한 학자로 꼽힌다.

그러나 하이쿠에는 자연의 아름다움 못지않게 자연의 무관심함과 냉혹함을 노래하는 작품도 적지 않다. 하이쿠 시인들이 벚꽃이나 풀 또는 벌레 등을 즐겨 노래하는 것도 따지고 보면 변화무쌍한 자연과 그러한 자연 속에 삶의 덧없음을 깨닫기 때문이다.

얼마나 놀라운 일인가
번개를 보면서도
삶이 한순간인 걸 모르다니

흔히 '하이세이俳聖', 즉 '하이쿠의 성자'라고 일컫는 마쓰오

7 　古事記

바쇼가 방랑 끝에 병이 들어 객지에 누워 있을 때 읊은 작품이다. 그는 삶이란 여름철의 번개처럼 번쩍 하고 빛을 내뿜다가 속절없이 사라지는데도 그 엄연한 사실을 까맣게 잊고 살아가는 사람들에게 인생을 살아가는 동료로서 따끔하게 일침을 가한다. 14세기 가마쿠라鎌倉 시대 말기부터 난보쿠초南北朝 시대에 활약한 와카和歌 시인이요 수필가인 요시다 겐코吉田兼好는 수필집 《쓰레즈레구사》8에서 "아다시노化野 묘지의 이슬이 언제까지나 사라지지 않고, 도리베鳥部산 화장터의 연기가 언제까지나 흩어져 없어지지 않은 채, 이 세상에 천년만년이고 산다면 얼마나 멋이 없겠는가?"라고 묻는다(吉田兼好, 2010).

이렇게 일본인이 예로부터 유난히 삶의 속절없음과 변화무쌍함을 즐겨 노래한 것은 일본이 섬나라기 때문이다. 일본 대륙을 구성하는 대륙판의 영향으로 일본에는 지진과 해일에다 화산 분출 등 자연재해가 많았다. 실제로 일본 섬 자체가 지진으로 만들어진 땅덩어리다. 조너선 베이트가 조지 바이런과 존 키츠의 작품에서 인도네시아 탐보라 화산 폭발과 그에 따른 기상 이변의 파급 효과를 읽어낸 것처럼 하이쿠도 좀더

---

8   徒然草

면밀히 살펴보면 지진 같은 재난을 읽어낼 수 있다.

바쇼는 서른대여섯 살 무렵 에도에 살면서 지은 하이쿠를 한데 모아 《에도 산긴》9이라는 시집을 간행하였다. 이 시집에는 바쇼가 '도세이桃靑'라는 이름으로 문하생인 지슌似春과 주고받은 하이쿠가 실려 있다.

  (그 용이란 놈은)

  덩치 큰

  메기가 아닐까

이 하이쿠는 문하생 지슌의 다음 하이쿠에 대한 바쇼의 답이다. 괄호 안의 구절은 지슌의 하이쿠에 이어 곧바로 대답하는 것이어서 생략해 버렸기 때문이다.

  대지진이

  일어난 뒤

  용이 하늘로 올라갔다

---

9   江戶三吟

지순은 큰 지진을 하늘로 올라가는 용에 빗댄다. 미국 대륙에서 흔히 일어나는 토네이도를 한국에서는 마치 이무기가 용이 되어 하늘로 올라가는 모습이라 하여 '용오름'이라고 부른다. 지름이 수십에서 수백 미터에 이르는 강력한 저기압성 소용돌이로 적란운의 바닥에서 지상까지 좁은 깔때기 모양을 이룬다. 지순은 일본에 큰 지진이 일어난 뒤 아마 이러한 용오름 현상을 목격하고 이 시를 지은 듯하다. 실제로 바쇼와 지순이 살던 17세기에는 일본에 지진이 많이 일어났다.

　　바쇼는 지순의 하이쿠를 받아 곧바로 "(그 용이란 놈은) / 덩치 큰 / 메기가 아닐까"라고 대꾸한다. 바쇼가 이렇게 노래하는 데는 그럴 만한 까닭이 있다. 예로부터 일본에서는 지진이 일어날 때면 메기가 이상하게 행동한다는 이야기가 전해 내려온다. 지하 깊은 곳에 살고 있는 거대한 메기가 몸을 움직이면 지진이 일어난다고 옛 일본인들은 믿고 있었다. 그래서 에도시대 후기(17~19세기 중반)에 대지진이 일어날 때마다 여러 가지 메기 그림을 그려 메기에게 벌을 내리거나 지진을 막는 주술적인 부적으로 사용하였다.

　　지진이나 화산 폭발을 비롯하여 홍수, 큰 불, 홍수, 전염병에 대한 공포와 그에 따른 일본인 특유의 인생관은 마쓰오 바쇼에 이어 고바야시 잇사한테서도 엿볼 수 있다. 잇사는 누구나 이해하기 쉽고 친근하여 흔히 '잇사조一茶調'라고 일컫는 독자적인 하이쿠 시풍을 확립한 시인으로 꼽힌다. 바쇼와 부손과 잇사에 대한 학자들의 평가는 저마다 다르지만 잇사에 대한 평가는 대체로 일치한다. 학자들이나 비평가들은 잇사의 하이쿠에는 생활·자연·생명감 같은 것이 보인다고 말한다.

　겨우내 눈에 덮이는 산골 나가노현長野縣의 한 시골 농가에서 태어난 잇사는 세 살 때 어머니와 사별하고 고아처럼 지내다가 열다섯 살 때 에도에 고용살이로 나갔다. 에도에 혼자 살 무렵 벚꽃이 흐드러지게 핀 어느 봄 날 잇사는 "저녁 벚꽃놀이 / 집이 있는 사람들은 / 돌아가네"라는 시를 지었다. 이 말을 뒤집어보면 벚꽃을 구경하고 귀가하는 사람들과는 달리 자신에게는 돌아가 편히 쉴 집이 없다는 말이 된다. 또한 잇사는 홀로 있는 참새를 보며 "나와 놀자꾸나 / 어미 없는 / 참새"라고 노래하기도 한다. 이 두 작품에는 평생 떠돌이로 살다시피 한 잇사의 삶에 대한 비애와 고독이 짙게 배어 있다. 스물이 지날 무렵 그는 에도에서의 고용살이 생활을 청산하고 하이진俳人이 되기 위하여 여행길에 나섰다.

이 세상은

지옥 위에서 즐기는

꽃구경이어라

잇사의 이 하이쿠를 지금까지 비평가들은 거의 대부분 시인의 고단한 삶의 여정을 노래한 작품으로 읽어 왔다. 방금 앞에서 지적했듯이 그의 삶은 그야말로 신산스럽기 그지없었다. 그러나 이 작품에서 잇사는 개인사 못지않게 일본의 환경을 노래한다. 일본은 지진과 화산 활동이 활발한 환태평양 변동대에 놓여 있고, 세계의 0.25%라는 좁은 국토 면적에 비해 지진 발생 횟수의 비율은 전 세계의 18.5%로 매우 높다. 지질학자들은 일본에서 난카이 트로프 거대지진과 수도 직하 지진 같은 대규모 지진이 머지않은 장래에 일어날 것으로 예측한다.

고바야시 잇사가 살던 18세기 중엽에서 19세기 초엽에 걸쳐 일본에서는 크고 작은 지진이 자주 일어났다. 그가 태어난 1763년에 진도 7.9 규모의 다카라레키宝暦 하치노헤八戸 해역 지진이 일어났고, 그가 사망하기 4년 전인 1823년에도 진도 6.9 규모의 이와테岩手 내륙 지진이 일어났다. 그가 살던 당시에만 6.0 이상의 지진이 무려 20여 차례 있었다.

잇사가 "이 세상은 / 지옥 위에서 하는 / 꽃구경이어라"라고 노래하는 것도 그다지 무리가 아니다. 여기서 '지옥'은 세상살이가 힘들고 고생스럽다는 은유적 표현이 아니라 지옥처럼 불을 내뿜는 지진이나 휴화산 위에서 살고 있다는 축어적 의미로 해석해야 한다. 날씨가 화창한 봄이 되면 일본인들은 흐드러지게 피는 벚꽃을 즐기면서도 언제 일어날지 모르는 지진을 의식하기 마련이다. 그는 미래에 희망을 두는 대신 현세에 만족하여 즐기며 살라는 '카르페디엠carpe diem'의 생활철학을 노래한다.

요사 부손의 하이쿠 작품도 바쇼나 잇사의 작품과 마찬가지로 생태주의나 생태 의식을 일깨운다. 그는 이번에는 국화 같은 식물이 아니라 숯불과 집, 눈 같은 무생물을 소재로 삼는다. 그에게는 생물이건 무생물이건 하나같이 소중한 자연의 일부일 뿐이다.

재 속의 숯불

숨어 있는 내 집도

눈에 파묻혀

일본은 한겨울에도 한국처럼 그렇게 춥지 않아서 온돌 같은 난방 설비가 없다. 요즈음에 와서는 젊은 세대들이 전기 히터 같은 것을 사용하기도 하지만 전통적으로 일본인들은 다다미 바닥에 '고다츠炬燵'를 사용한다. 방 한가운데 탁자 같은 물건에 이불을 덮어 놓고 그 물건 아래에는 난방 기구를 넣는다. 지금은 편리하게 주로 전기를 사용하지만 옛날에는 숯이나 장작을, 20세기 초반부터는 연탄이나 조개탄을 사용하였다. 위에 인용한 하이쿠에서 부손이 "재 속의 숯불"이라고 말하는 것은 바로 그 때문이다.

이 하이쿠를 읽고 있노라면 추운 겨울날 식구들이 다다미 방 한가운데 고다츠 중심으로 옹기종기 앉아 있는 모습이 동양화 한 폭처럼 눈앞에 선하게 떠오른다. 시적 화자가 "숨어 있는 내 집도"라고 노래하는 것을 보면 그가 살고 있는 집은 모르기는 몰라도 아마 깊은 산속에 있는 것 같다. 그런데 여기서 눈여겨볼 것은 시적 화자가 짧은 시에 대조법을 구사한다는 점이다. 불에 타는 숯불과 이미 타버린 재, 다다미방의 안과 밖, 집안의 따스함과 집밖의 차가움, 숯불의 붉은 빛과 새하얀 눈, 산속에 홀로 칩거하는 시적 화자와 광활한 우주, 인간과 자연 등이 좋은 대조를 보여 준다.

이러한 대조법보다 훨씬 더 중요한 것은 부손이 이 작품에서 원심성을 기본 원리로 삼는다는 점이다. 카메라의 렌즈는 시적 화자가 앉아 있는 고다츠의 숯불에서 시작하여 점차 방 밖의 집 전체로 확대되고, 집은 다시 눈이 내리는 허공으로 넓어진다. 원심적 구도를 도표로 그려보면 '숯불 → 재 → 고다츠 → 방 → 집 → 하늘'이 될 것이다. 비교문학 연구가로 세계적으로 널리 알려진 도쿄대의 히라카와 스케히로平川祐弘 교수는 이러한 원심적 구도를 좀더 세밀하게 분석한다.

〔다다미 방〕한 곳에 불씨가 있고, 그것을 덮은 재가 있으며, 그 위를 덮듯이 화로에 붙어 앉은 주인이 있고, 그 작은 방을 에워싼 작은 집이 있다. 그리고 그 집을 덮은 눈이 있다. 오두막 지붕 위에는 눈 내리는 밤하늘의 어둠이 끝없이 펼쳐져 있다. 따뜻함을 간직한 재 속의 불씨를 중심으로 한 줄의 시가 동심원을 그리며 우주를 향해 뻗어 나간다(平川祐弘, 1986: 160).

히라카와가 다다미방에 놓여 있는 고다츠 숯불의 식은 재에서 우주를 발견하는 것이 여간 놀랍지 않다. 한낱 보잘것없는 재 속에 남아 있는 숯불에서 그는 우주의 신비를 찾는다.

이렇게 고다츠의 꺼져가는 불씨를 중심으로 동심원을 그리며 우주를 향하여 계속 뻗어나간다는 것은 곧 이 우주에 존재하는 모든 것은 서로 깊이 연관되어 있다는 것을 뜻한다. 그러고 보니 '숯불'이나 '눈'도 여간 예사롭지 않다. 참나무나 신갈나무처럼 목질이 단단한 나무를 태워 만든 탄소덩어리인 숯은 지금은 다다미방의 고다츠에서 온기를 제공해 준다. 이렇듯 숯은 집 안과 집 밖을 오가며 서로 연결해 주는 다리 역할을 한다. 또한 숯은 겉으로는 죽은 물건처럼 보이면서도 불을 붙이면 다시 타오르는 에너지원이기도 한다. 말하자면 숯은 소멸과 생성과 소멸을 반복하는 생명의 에너지다.

이렇게 생성과 소멸을 반복한다는 점에서는 눈도 숯과 크게 다르지 않다. 일본의 북서해안 지역은 유난히 눈이 많이 내리는 것으로 유명하다. 그래서 하이쿠 중에는 눈을 노래한 작품이 유난히 많다. 구름 안의 물 입자나 대기 중의 수증기가 얼어서 결정화하면 눈이 되지만 기온이 올라가면 다시 물로 변한다. 생성과 소멸을 되풀이하는 것이 생태계의 법칙이다. 또한 눈은 지상의 만물을 뒤덮어 대지를 하나로 연결하는 역할을 하기도 한다. 광활한 우주 공간에 만물이 하나라는 사실을 상징적으로 보여 준다.

요사 부손은 인간과 자연의 유기적 관계를 노래하는 이 작품에서 어떤 구체적인 지명을 사용하지 않는다. 그러나 그는 다른 작품에서는 '요시노吉野산'이라는 구체적인 특정 지명을 언급한다.

구름 삼키고
꽃잎을 토해 내는
요시노산

해발 450미터가 넘는 '요시노산'은 일본 나라奈良현에 있는 산으로, 벚꽃이 아름답기로 유명한 곳이다. 이곳의 벚꽃은 일본 본래의 벚꽃 종으로 예로부터 일본 최고의 벚꽃 명소로 이름이 나 있다. 200여 종의 벚나무가 약 3만 5천 그루 자라고 있다. 세계문화유산으로 등록된 도다이지東大寺, 가스가타이샤春日大社, 고후쿠지興福寺 같은 옛 사찰이 있는 나라공원과 더불어 요시노산은 관광 명소 중의 명소로 꼽힌다.

요시노산의 아름다운 벚꽃을 두고 17세기 하이쿠 시인 야스하라 테이시츠安原貞室는 한 하이쿠에서 "어머나, 어머나!"라는 감탄사 외에 표현할 말을 찾을 수 없다고 밝힌 적이 있다. 요시노산을 배경으로 하늘에서는 구름이 둥둥 떠다니고, 산에는 여기저기 온갖 꽃들이 활짝 피어 있어 그야말로 시골 산을 그린 풍경화 한 폭을 떠올리게 한다. 다만 방금 앞에서 언급한 하이쿠 "재 속의 숯불 / 숨어 있는 내 집도 / 눈에 파묻혀"에서는 수묵화 한 폭이 떠오른다면 이 작품에서는 울긋불긋한 수채화 한 폭이 떠오른다.

그런데 이 작품에서 무엇보다도 주목을 끄는 것은 부손이 의인법을 효과적으로 구사한다는 점이다. 그는 구름이 떠다니다가 어디론가 사라져 버리는 것을 두고 산이 구름을 '집어 삼켰다'고 말한다. 또한 구름 속에 갇혀 있던 해가 나오면서 여기저기 활짝 피어 있는 꽃을 비추는 모습을 두고는 산이 꽃들을 '토해 낸다'고 밝힌다. 한낱 무생물에 지나지 않는 구름과 식물인 꽃에 인간의 속성을 부여하는 의인법이다. 이렇듯 부손은 시적 상상력을 한껏 발휘하여 의인법을 구사한다.

그러나 의인법은 환경인문학, 특히 유물론적 생태비평에서는 단순한 수사법이 아니라 좀더 깊은 의미를 지니면서 적극적인 위치를 차지한다. 의인법은 그동안 인간과 자연 사이에 가로놓인 장벽을 허무는 데 이바지해 왔다. 제인 베넷이 《진동하는 물질》(2010)[10]에서 의인법이 인간중심주의에 쐐기를 박는다고 주장하는 것은 바로 그 때문이다. 그녀는 "의인법은 이 세계가 존재론적으로 독특한 존재의 범주(주체와 객체)로 구성되어 있지 않고 오히려 연합체를 형성하는 다양한 물질성으로 구성되어 있다고 보는 감수성에 촉매 역할을 할 수 있다"고 말한다(Bennett, 2010: 99). 인간과 자연, 동일자와 타자, 주체와 객체 같은 이분법을 해체하는 것은 생태주의에서 자못 중요하다. 오늘날 인류가 겪는 환경 위기나 생태계 위기는 궁극적으로 모든 현상을 가치 판단의 작두 위에 올려놓고 두 쪽으로 나누려는 이항대립적 이분법의 결과로 보아 크게 틀리지 않기 때문이다.

이렇듯 부손은 하늘에 둥둥 떠다니는 구름과 활짝 핀 벚꽃 그리고 요시노산을 애써 구분 짓지 않으려고 한다. 이 작품에서는 인간과 자연의 일체감을 느낄 수 있다. 시적 화자를 포함하여 생물이건 무생물이건 모든 것은 우주라는 공동체 안에서 한낱 구성원일 뿐이다. 여기에는 '나'와 '너'의 구분은 이렇다 할 의미가 없게 마련이다. 그런데 이 관계는 20세기 위대한 종교 사상가 중 한 사람인 마르틴 부버가 말하는 '나 - 너

Ich-Du'의 관계와 비슷하다. 부버에 따르면 '나 - 너'의 관계는 '나 - 그것Ich-Es'의 관계와는 달리 의미 있는 대화가 가능하다. 부버는 인간은 '너'를 통하여 진정한 '나'에 이르게 된다고 말한다. 부버의 철학은 인간관계에 무게를 두지만 그 관계를 자연으로 확대해 보면 부손의 하이쿠와 맞닿아 있다. 한겨울 고다츠의 숯불을 노래한 작품도, 봄철 요시노산의 눈부시게 아름다운 벚꽃을 노래한 작품도 인간이 자연의 일부로 우주 질서에 참여한다는 점에서는 부버의 철학과 크게 다르지 않다.

유물론적 에코페미니즘을 주장하는 세레넬라 이오비노와 세르필 오퍼만은 모든 물질이 저마다 스토리를 지닌다고 지적한다. 그들에 따르면 물질은 "의미, 속성, 과정의 물질적 망 상조직으로 그 안에 인간과 비인간의 행위자들은 부정할 수 없는 의미화의 힘을 생산하는 네트워크에서 서로 맞물려 있다"는 것이다(Iovino & Oppermann, 2012: 75~91). 물질이 스토리를 지닌다는 것은 곧 일정한 줄거리가 있는 내러티브처럼 플롯으로 구성되어 있다는 것을 뜻한다. 이러한 관점에서 보면 부손이나 소로가 왜 의인법을 구사하는지 쉽게 알 수 있다. 그들은 인간과 비인간을 애써 구별 짓지 않으려고 하기 때문이다.

이오비노와 오퍼만의 유물론적 에코페미니즘은 이탈리아에서 태어나 오스트레일리아에서 성장하고 네덜란드에서 활동한 페미니즘 철학자 로시 브라이도티의 이론과도 비슷하다. 브라이도티는 그동안 그 이름도 낯선 '포스트인간중심적 포스트휴머니즘'을 주장하여 관심을 끌었다. 그녀는 전통적인 존재론으로는 좀처럼 이해하기 힘든 자신의 이론을 '포스트휴먼 에코크리티시즘'이라고 부른다. 브라이도티가 '가능성의 윤리학'이라고도 일컫는 이 이론에 따르면 인간을 포함한 동물, 식물, 돌, 물 같은 모든 물질은 그 나름대로 존재이유가 있을 뿐 아니라 더 나아가 인간과 같은 속성을 지닌다(Braidotti, 2013: 92). 이 문제는 다음 장에서 다룰 신유물론과도 깊이 연관되어 있다.

환경인문학과 창작

문학생태학이나 생태비평은 환경인문학의 한 분야로 주로 문학 작품을 분석하고 평가하는 작업이다. 문학생태학자들이나 생태비평가들은 창작가들이 다른 문제에서 잠시 눈을 돌리고 환경과 관련한 문제를 다루도록 격려하고 유도한다. 문학생태학자들이나 생태비평가들은 이보다 한발 더 나아가 인접 학문에서 그동안 이룩한 연구 성과에 주목하고 다른 인문학 전공자들은 물론이요 사회과학과 자연과학 전공자들과 협력함으로써 자신의 전공 분야의 저변을 확대하고 심화하는 데도 주력해야 한다. 그들은 이렇게 인접 학문과 연계하여 그동안 문학연구가들이나 비평가들이 눈여겨보지 않았거나 미처 놓쳐 버린 의미를 새롭게 읽어 내는 데 관심을 둔다. 다시 말해서 문학 작품에서 그동안 깊이 잠들어 있던 생태주의의 의미를 깨워 새롭게 해석하고 분석하여 독자들에게 생태 의식을 일깨워 주는 데 이바지해야 한다.

한편 문학생태학자나 생태비평가는 임무를 다하기 위해 비평에 그치지 않고 창작에도 깊은 관심을 기울인다. 영국 낭만주의 시대 시인들에게서 볼 수 있듯이 문학가들은 그동안 환경 문제를 깨닫고 독자들의 생태 의식을 일깨우는 문학 작품을 창작해 왔다. 여기에서 문학 장르 사이의 우열이나 위계질서란 있을 수 없다. 시, 소설, 희곡, 수필 등 모든 문학 장르는 하나같이 문학 생태계를 구성하는 소중한 구성원이다. 실제로 문학생태학이나 생태비평의 범주에는 문학은 물론이고 영화, 사진, 건축, 박물관 전시 등 예술 분야를 두루 망라한다. 그런데 여기서 한 가지 유념해야 할 것은 환경이나 생태계와 관련한 위기가 아무리 심각하다고 하더라도 메시지나 선전으로 전락해서는 안 된다는 점이다. 만약 작품이 문학 본연의 임무나 기능에서 벗어난다면 존재 이유를 상실할 것이기 때문이다. "급할수록 돌아가라"는 한국 격언과 "서두르면 일을 그르친다"는 서양 격언은 이 점을 새삼 일깨워준다.

최근 들어 '에코스토리'로 일컫는 산문 작품들이 출간되어 부쩍 관심을 끌고 있다. 가령 로버트 닉슨의 산문은 이러한 경우를 보여 주는 좋은 예로 꼽을 만하다. 그는 〈다리를 읽는 법〉[11]에서 삽화처럼 짧은 단상을 기록한 글에 사진을 싣는다. 그의 글은 자서전, 환경 에세이, 일기, 단편적 논문 등 어느 한 장르로 규정짓기 어려울 만큼 한 작품에 다양한 형식을 시도한다. 활자 매체에 사진을 곁들임으로써 장르적 성격은 더더욱 애매할 수밖에 없다.

나는 우리 지구상에서 가장 불공평한 사회인 남아프리카에서

---

[11] "How to Read a Bridge"

자란 뒤 400명 주민이 미국 전체 자산의 절반을 소유하는 나라, 즉 세계에서 가장 불평등한 부자 나라 미국으로 이민을 왔다. 15년 동안 나는 억만장자 70명이 살고 어린이 중 30%가 빈곤에 시달리는, 미국 주요 도시 중에서 경제적으로 가장 빈부가 심한 뉴욕시에서 살았다. 만약 뉴욕시가 한 국가라면 경제 불평등의 표준 지표인 지니계수의 관점에서 보면 119번째 나라가 될 것이다(Nixon, 2014: 101~109 재인용).

닉슨의 〈다리를 읽는 법〉은 1에서 27까지 일련번호가 붙은 짧은 산문으로 구성되어 있다. 위 인용문은 맨 첫 번째 항목 전체를 옮긴 것이다. 닉슨이 남아프리카를 '가장 불공평한 사회'라고 말하는 것은 아마 악명 높은 인종정책 '아파르트헤이트'를 염두에 두고 있기 때문일 것이다. 1876년부터 1965년까지 미국의 여러 주에서 시행된 '짐 크로' 법처럼 남아프리카의 백인 정권은 유색인종에 대한 차별 정책을 폈고, 이 과정에서 흑인들은 40년 넘게 온갖 차별을 받으며 살았다.

그런데 닉슨이 이민 온 미국은 세계에서 가장 부자인 나라면서도 빈부 격차가 여간 심하지 않다. 특히 그가 청소년기를 보낸 뉴욕시는 미국 안에서도 빈부 격차가 유독 심한 곳이다.

'지니 계수'란 소득 분배의 불공정성을 간접적으로 나타내는 지표로, 전체 소득 계층을 한데 모아놓고 저소득층과 고소득 층의 비율로 소득 불균등 정도를 계산할 때 자주 쓰이는 계수다. 지니 계수가 높으면 높을수록 소득 불균등 정도가 심하다. 지니 계수에서 119번째 국가라면 불평등이 무척 심한 나라다.

이러한 빈부 격차는 비단 미국만의 문제가 아니라 전 세계가 해결해야 할 심각한 문제 중 하나다. 세계적 기업 200개의 부가 전 세계 인구의 부를 합한 값에서 80% 이상을 차지한다. 더구나 이들 기업의 자산 증가 속도는 세계 인구의 자산 증가 속도보다 무려 50배나 빠르다. 한 통계자료에 따르면 대기업의 CEO는 일반 직원보다 500배 많은 봉급을 받는 것으로 나타났다.

사회 불평등과 환경의 함수 관계는 닉슨의 〈다리를 읽는 법〉의 셋째 항목에서 좀더 구체적으로 드러난다. 그는 대부분의 사회에서 자원 분배가 악화일로에 있지만 이러한 현상은 특히 미국에서 더욱 눈에 띄게 나타난다고 지적한다. '경제적 틈'이 이제는 '경제적 수렁'으로 변하고 있다는 것이다. 닉슨은 계속하여 "사회 이동은 완만해지고 있다. 즉, 미국에서 빈곤한 환경에서 태어난 어린아이는 빈곤 상태로 남게 될 가능성이 42%다. 빈곤에서 중산층에 이르는 길은 점점 더 길어지고 있는 반면, 빈곤에서 궁핍으로 가는 길은 점점 짧아지고 있다"고 한탄한다(Oppermann & Iovino, 2017: 315~316).

부의 편중 현상을 누구보다도 우려하는 학자는 흔히 '21세기의 마르크스'로 일컫는 프랑스 경제학자 토마 피케티다. 피케티는 《21세기 자본주의》(2013)[12]에서 금세기의 자본주의가 프랑스의 오노레 드 발자크나 영국의 제인 오스틴의 소설 작품에나 나올 법한 19세기 유형의 '세습 자본주의'로 돌아갈 가능성이 크다고 내다본다. 피케티가 말하는 세습 자본주의란 한 개인이 당대에 스스로 노력하여 일군 부에 비교하여 선대로부터 물려받은 부가 훨씬 더 큰 비중을 차지하는 자본주의 체제를 말한다. 이렇게 세습되는 부는 갈수록 더 큰 경제적 불평등을 낳게 마련이다. 피케티는 발자크의 소설 《고리오 영감》(1835)에 등장하는 젊은 법학도 라스티냐크의 딜레마를 부각시킴으로써 세습 자본주의가 큰 힘을 떨치는 오늘날의 경제 체제에서 능력주의만 가지고서 경제적으로 성공을 거두기가 얼마나 어려운지 밝힌다. 이렇게 부가 개인이나 일부 대기

---

[12] *Capital in the Twenty-First Century*

업에 편중되다 보면 중산층의 붕괴로 이어질 수밖에 없다.

닉슨은 《느린 폭력과 가난한 사람들의 환경주의》(2011)[13]를 출간하여 주목받은 인문학자다. 기후 변화, 유독 화학약품의 이동, 산림 남벌, 원유 유출, 전쟁 후유증 같은 '폭력'은 흔히 눈에 띄지 않게 서서히 일어난다. 그는 '느린 폭력'이라는 새로운 개념을 도입하여 이렇게 서서히 인류를 위협하는 환경 문제에 주목한다. 이러한 폭력은 맹렬한 힘을 떨치는 자본주의가 쉽게 무시하기 때문에 일반인의 눈에는 잘 드러나지 않지만 생태계와 사회적 약자에게 주는 폐해는 무척 크다. 앞의 인용문은 환경 정의와 관련하여 시사하는 바 자못 크다. 환경 문제는 장기적으로는 지구에 사는 모든 주민에게 피해를 주지만, 적어도 단기적으로는 힘없고 가난한 사람들, 즉 앞에서 김용락이 '김이박 씨'라고 언급한 사회적 약자들이 가장 먼저 피해를 입을 수밖에 없다.

그러나 닉슨은 이 작품에서 인간의 사회적 불평등만을 언급하지는 않는다. 5~14항목에서 그는 엘리자베스 항구에서 해안을 따라 북쪽으로 여행하던 개인적 경험을 기록하기도 한

---

13 *Slow Violence and the Environmentalism of the Poor*

다. 강어귀에서 세워놓은 여러 다리를 건너던 중 한 다리 위에서 점심을 먹은 뒤 다리 주변을 걷던 닉슨은 콘크리트 판과 판 사이 갈라진 틈에서 무화과가 자라 조그마한 숲을 이루고 있는 것을 보고 자못 놀란다. 더욱 놀라운 것은 수평으로 자란 무화과 아래에는 마치 길쌈하는 마을 여성이 정교하게 손으로 짠 것 같은 산까치 둥지가 놓여 있었다는 점이다. 그때는 겨울철이라 산까치들은 둥지에 없지만 닉슨은 그 광경을 바라보며 '인간과 비인간의 토목공사'를 생각한다. 그는 콘크리트 다리는 비활성적 물질이 아니라 살아 숨 쉬고 있다고 밝힌다. "화물을 실은 트럭은 위에서 질주한다. 그러면 콘크리트는 삐걱거리며 신음소리를 내고, 무화과나무는 부르르 몸을 떨며, 산까치 둥지는 머리를 위아래로 움직이기 시작한다. 참으로 진동하는 물질이다"(Oppermann & Iovino, 2017: 320). 여기서 '진동하는 물질'이란 신유물론 이론가 제인 베닛이 《진동하는 물질》(2010)에서 책 제목으로 사용한 용어다. 닉슨도 베닛처럼 자연이 '진동하고' 어떤 의미에서 '살아서 숨쉰다'고 지적한다. 닉슨의 생각은 이번에는 동물 연구와 환경정의 문제로 이어진다.

동물 연구 학자들은 흔히 인간을 일관적으로 유일한 힘으로 다루고 인간 불평등의 역사와 정치에는 너무 무관심하다. 이와는 대조적으로 환경 정의 학자들은 불평등을 폭로하는 일을 전공으로 삼으면서도 인간과 비인간의 힘, 즉 가장 넓은 의미에서 동물의 힘, 지질적인 힘, 물리적인 힘 사이의 피륙 같은 관계를 흔히 무시한다. 불평등은 우리의 세계를 형성하고 흔들지만 그것은 케네디 원이 자연의 '생태계 엔지니어'라고 부른 비인간의 힘도 마찬가지다(Oppermann & Iovino, 2017: 320~321).**14**

앞의 인용문에서 닉슨은 인간중심주의에서 크게 벗어나지 못한 채 사회적 불평등을 무시하는 동물 연구 학자로 피터 싱어를 염두에 두는 것 같다. 실제로 싱어는 그동안 그의 탁월한 이론에도 종종 지나치게 인간중심적이라는 비판을 받아 왔다. 또한 닉슨은 인간의 불평등에 관심을 두면서도 인간과 인간이 아닌 다른 존재 사이에 존재하는 불평등에 소홀한 학자로 '환

---

14 번역하는 과정에서 말장난의 묘미를 잃고 말았지만 닉슨은 "불평등은 우리의 세계를 형성하고 흔들지만"에서 말장난을 한다. '형성하다'(shape)와 '흔들다'(shake)는 소리에서 서로 비슷하지만 의미에서 정반대에 가깝다.

경 인종차별'이라는 용어를 처음 사용한 벤저민 채비스를 언급하는 듯하다. 한편 케네디 원은 뉴질랜드 지리학자로 그동안 여러 책과 사진첩을 출간하여 환경운동에 앞장서 왔다.

이렇게 로버트 닉슨처럼 창작으로 환경인문학에 이바지하는 인문학자로는 크리스토퍼 샤버그도 빼놓을 수 없다. 닉슨처럼 미국 대학에서 영문학을 강의하는 샤버그는 그동안 환경문제를 다루는 산문집을 여러 권 출간하여 관심을 끌었다. 샤버그는 개인적 경험을 기록하는 내러티브와 학구적 담론 사이를 오가며 인류세를 성찰하는 대중적인 글을 즐겨 쓴다. 최근그는 '환경인문학에 가는 여행'이라는 부제를 붙인 《인류세를 찾아서》(2020) **15**라는 책을 출간하여 다시 한 번 환경인문학자로 위치를 확인하였다. 그는 이 책을 일종의 '21세기의 《월든》', 또는 좀더 정확하게 '반(反)-《월든》'으로 간주한다. 샤버그는 "나는 미시간의 이 작은 구석에 대하여 글을 쓰려고 시도해 왔다. 부분적으로는 자연에 관한 글, 부분적으로는 회고록, 부분적으로는 환경 이론이라고 할 이 글은 이 장소에 대한 증언인 동시에 인류세의 골칫거리를 성찰하는 것이다"라

---

15 *Searching for the Anthropocene*

고 밝힌다(Shaberg, 2020: 49). 그의 주장에 걸맞게 샤버그는 그동안 공항에 관심을 기울인 것과는 달리 이 책에서는 좀더 환경인문학과 관련하여 그가 태어나 자란 북부 미시간 숲과 호수에 초점을 맞춘다.

한마디로 창작가든 연구가든 문학에 종사하는 사람들은 모두 지구가 멸망하면 문학이 들어설 자리도 없다는 사실을 깊이 깨닫고 이제 '환경문학가'로 다시 태어나야 할 단계에 이르렀다. '환경문학'은 이제 해도 좋고 하지 않아도 좋은 선택 사항이 아니라 깊은 바다 속으로 침몰하고 있는 지구라는 타이타닉호를 지키기 위해서 반드시 해야 할 필수 사항이다. 지금까지 우리가 당연한 것으로 받아들여 온 패러다임에서 벗어나지 못한다면 그레고리 베이츤의 말대로 인류가 살아남을 가능성은 지옥에 던진 눈덩어리가 녹지 않고 남아 있을 만큼밖에 없다는 사실을 결코 잊지 말아야 할 것이다.

───────── 4 장 ─────────

환경철학과 환경종교학

미국의 작가요 환경인문학자인 로이 스크랜턴은 《인류세에서 죽는 법 배우기》(2015)¹ 라는 책에서 인류가 지금까지 견지해 온 가치관이나 세계관을 버리지 않고서는 앞으로 지구에서 살아남을 가능성이 거의 없다고 진단한다. 그는 인류가 설령 운 좋게 살아남는다고 하더라도 지금과는 전혀 다른 방식으로 살아갈 수밖에 없을 것이라고 내다본다. 스크랜턴은 "만약 호모사피엔스가 다음 천 년을 살아남는다면 그것은 우리가 지난 20만 년 동안 알아 온 그것과는 알아볼 수 없을 만큼 다른 세

---

1 *Learning to Die in the Anthropocene*

계에서 살아남는 일이 될 것이다"라고 말한다(Scranton, 2015: 19). 그러면서 그는 새천년에 인류가 살아남기 위해서 다양한 방식으로 새로운 길을 모색할 필요가 있다고 말한다.

우리는 새로운 관념이 필요할 것이다. 새로운 신화, 새로운 스토리, 실재에 관한 새로운 관념적 이해, 탄소에 기반을 둔 자본주의 상업화와 동화를 통하여 손상된 다언어적多言語的인 심오한 인간 문화의 전통과의 새로운 관계가 필요할 것이다. 자본주의에 맞서고 넘어선 우리는 공동의 존재에 관한 새로운 사고 방식이 필요할 것이다. 우리는 도대체 우리가 '누구인지' 새롭게 바라보는 태도가 필요할 것이다. 우리는 인문학에 다시 주목하여 쌓은 소양으로 뒷받침되는 새로운 철학적 휴머니즘이 필요할 것이다(Scranton, 2015: 19).

앞의 인용문에서 스크랜턴은 '새로운'이나 '새롭게'라는 어휘를 무려 열 번 사용한다. 또한 모든 문장은 '~가 필요할 것이다'라는 구절로 끝맺는다. 조금 과장해서 말한다면 이 두 어휘나 구절을 빼고 나면 남는 것이 거의 없다시피 하다. 그가 이렇게 조금 지나치다 싶은 만큼 같은 어구를 반복하여 사

용하는 것은 인류가 앞으로 계속 생존하기 위해서는 무엇보다
도 새로운 가치관이나 인식의 전향이 절실히 필요하다는 사실
을 힘주어 말하기 위해서다.

  21세기에 들어와 환경 위기와 생태계 위기가 좀더 심각한
상황으로 접어들면서 생태비평과 문학생태학이 궤도를 수정
한 것처럼, 환경철학과 환경종교학도 이러한 위기에 대응하기
위해 새롭게 방향을 모색하기 시작하였다. 분과학문을 떠나
인문학 전체가 이제 전통적인 방식으로는 급변하는 환경 위기
나 생태계 위기에 적절하게 대처할 수 없다고 깨달았다. 21세
기에 들어와 '뉴'니 '신'이니 하는 접두어가 붙은 인문학 분야가
새롭게 부상한 것은 그 때문이다. 이러한 접두어는 인문학에
서 새로운 방향 전향을 알리는 신호탄으로 받아들일 수 있다.

들뢰즈와 가타리의 환경철학

프랑스 포스트구조주의 계열의 두 철학자 질 들뢰즈와 펠릭스
가타리가 환경인문학에 끼친 영향은 우리가 흔히 생각하는 것
보다 훨씬 크다. 미셸 푸코는 언젠가 "아마도 어느 날 이 세기

4. 환경철학과 환경종교학 165

를 '들뢰즈의 시대'라고 부르게 될 것이다"라고 말한 적이 있다. 들뢰즈와 가타리가 함께 출간한 저서 중에서도 《안티 오이디푸스: 자본주의와 분열증 1》(1972)[2]과 《천 개의 고원: 자본주의와 분열증 2》(1980)[3]는 자못 중요하다.

신유물론에서 프란치스코 교황의 2015년 회칙에 이르기까지 환경인문학에서는 인간·자연, 정신·물질, 영혼·육체 등의 이분법적 구분은 이제 저주와 다름없다. 그런데 환경인문학과 관련하여 이러한 이분법을 해체한 철학자 중에서도 들뢰즈와 가타리는 특히 주목해 볼 만하다. 그들은 《안티 오이디푸스》에서 인간은 인간대로 자연의 본질을 지니고 있는 반면, 자연은 자연대로 인간의 본질을 지닌다고 지적한다.

우리는 인간과 자연을 구분 짓지 않는다. 자연의 인간적 본질과 인간의 자연적 본질은 종으로서의 인간의 삶 안에서 하나가 되듯이 산업 생산의 형태로 자연 안에서도 하나가 된다. 그래서 산업은 이제 효용의 외면적 관점에서 파악되지 않고 오히려 자

---

2 *Anti-Oedipus*: *Capitalism and Schizophrenia*
3 *A Thousand Plateaus*: *Capitalism and Schizophrenia*

연과의 근본적 동일성의 관점에서 파악된다. 이때의 자연은 인간을 생산하고 인간에 의하여 생산되는 것으로서의 자연을 말한다. 인간은 만물의 왕이 아니라 오히려 모든 형태의 심오한 삶이나 모든 형태의 존재와 친밀하게 접촉하는 존재다. 그러한 존재야말로 심지어는 별들과 동물에 책임을 지고, 기관器官-기계를 끊임없이 에너지-기계 속으로, 나무를 몸속으로, 젖가슴을 입속으로, 태양을 항문 속에 틀어막아 넣는다. 즉, 우주라는 기계들의 영원한 보호자로서 말이다(Deleuze & Guattari, 2009: 4~5).

들뢰즈와 가타리도 신유물론 이론가들처럼 인간·자연과 정신·물질의 이분법을 해체하되 이론적 근거에서 신유물론자들과는 조금 다르다. 신유물론자들은 우주에 존재하는 모든 것을 오직 물질성의 연속체로 파악하려고 한다. 인간은 물질에 작인과 행위성을 부여함으로 같은 위치에 놓여 있게 된다. 그러나 들뢰즈와 가타리는 산업 생산의 관점에서 인간·자연, 정신·물질을 구분 짓지 않는다. 욕망에 인격성을 부여하면서 그것을 가족 안에 가두어 놓은 지그문트 프로이트와는 달리, 들뢰즈와 가타리는 오히려 욕망을 가족의 굴레에서 해방하여 사회 전체와 연관시킨다. 그들이 '욕망하는 기계'라는 개념을 도입하는 것은 그 때문이다.

앞의 인용문에 나오는 '기관-기계'나 '에너지-기계'라는 용어에서도 볼 수 있듯이 기계란 좀더 포괄적으로 온갖 생명체를 포함한 모든 존재를 두루 일컫는 말이다. 들뢰즈와 가타리에 따르면 인간도 궁극적으로는 기계의 일부로서 욕망의 기계적 생산에 참여하게 마련이다. 이렇게 인간을 '욕망하는 기계'로 파악한다면 인간은 자기 주체나 주관을 지닌 존재가 아니라 생산에 복무해야 하는 일종의 '기계'일 수밖에 없다. 이렇게 '욕망하는 기계'로 전락한 인간은 이제 환경이나 자연 같은 비인간 존재들과 크게 다르지 않다.

더구나 들뢰즈와 가타리는 욕망을 '결여'가 아닌 '생산'으로 파악한다는 점에서도 프로이트와도 적잖이 다르다. 들뢰즈와 가타리는 욕망은 어떤 결핍도 내포하지 않는다고 분명하게 밝힌다. 또 그들은 "생산은 기존의 욕구나 결핍을 근거로 조직되지 않는다"니 "인간에게 욕망한다는 것은 곧 생산한다는 것을 뜻하고, 그것은 현실의 영역 안에서 생산한다는 뜻이다"니 하고 말한다(Deleuze & Guattari, 2009: 27, 30). 그런가 하면 들뢰즈와 가타리는 생산이 사회적 생산과 그렇게 다르지 않다고 역설함으로써 욕망이 상징계 안에서 언어처럼 구조화된다는 자크 라캉과도 일정한 거리를 둔다.

여기서 들뢰즈와 가타리가 《천 개의 고원》과 마찬가지로 《안티 오이디푸스》에 '자본주의와 분열증'이라는 부제를 붙였다는 점을 떠올릴 필요가 있다. '욕망하는 기계'로 전락한 인간은 이제 모든 욕망을 자본이나 자본과 관련한 것에 쏟게 마련이다. 이러한 상황에서 인간의 욕망은 자본주의의 생산과 소비에만 지향되어 있어 다양한 내면의 욕망은 억압되거나 폐기될 수밖에 없다. 말하자면 현대에 이르러 인간은 자본의 노예가 되다시피 하였다. 오직 자본과의 관계를 통해서만 자신의 정체성을 찾을 수 있을 뿐이다. 그래서 욕망의 주체인 현대의 인간은 흔히 정신분열증을 겪게 된다는 것이 들뢰즈와 가타리가 내린 진단이다.

들뢰즈와 가타리는 《안티 오이디푸스》에서는 '욕망하는 기계' 개념을 도입한다면, 《천 개의 고원》에서는 '리좀' 또는 '근경根莖' 개념을 도입한다. 이 리좀 개념은 자크 데리다의 '차연差延' 개념과 함께 좁게는 환경철학, 넓게는 환경인문학에 새로운 출발점을 마련해 주는 핵심적 개념이다. 이 두 개념에 기반을 둔 환경 담론이나 생태 담론은 그동안 인간·자연, 정신·물질을 비롯하여 주체·객체, 문화·환경, 과학·예술, 개인·세계 등 사이에 마치 베를린 장벽처럼 가로놓여 있던 장벽을 해체하는 데 큰 역할을 하였다.

리좀에는 시작도 없고 끝도 없다. 언제나 사물의 중간에 있고 사물들 사이에 있으며 상호존재고 '간주곡'이다. 나무는 친자 관계지만 리좀은 결연 관계, 그것도 비길 데 없는 결연 관계다. 나무는 'to be/être'라는 존재 동사를 부여하지만 리좀은 '그리고 … 그리고 … 그리고'라는 접속사로 조직된다. 이 접속사 안에는 존재 동사를 뒤흔들고 뿌리를 뽑기에 충분한 힘이 있다 (Deleuze & Guattari, 1987: 25).

리좀 이론에서 자칫 혼란을 일으키기 쉬운 것이 '뿌리'와 '근경'의 관계다. 얼핏 비슷하거나 동일한 것을 가리키는 것 같지만 들뢰즈와 가타리는 이 둘을 엄격히 구분 짓는다. '뿌리'는 나무 전체를 지탱하는 근본 뿌리를 가리키지만 '근경'은 좀 더 독립적인 성격이 강하다. 리좀에 대하여 들뢰즈와 가타리는 "지하 줄기로서 리좀은 뿌리와 작은 뿌리와는 다르다. 구근球根과 덩이줄기가 곧 리좀이다"라고 잘라 말한다(Deleuze

& Guattari, 1987 : 6).

그런데 들뢰즈와 가타리는 나무와 리좀을 근대와 근대 이후 서구의 형이상학을 구분 짓는 은유로 사용한다. 수목형과 근종형이라는 두 유형의 사고가 바로 그것이다. 나무가 근대 사회의 표상이라면 리좀은 근대의 억압에서 벗어나려는 몸부림의 표상이다. 수목형 사고는 근대 과학을 비롯한 제도, 권력, 자본, 제국, 합리, 이성 등을 상징한다. 이 점과 관련하여 그들은 "우리는 나무에 싫증을 느낀다. 우리는 나무, 뿌리, 작은 뿌리를 믿지 말아야 한다. 그것들 때문에 우리는 너무 고통을 받았다"니 "수목 체계는 의미와 주관화의 중심과 조직적인 기억 같은 중앙 자동기계를 갖춘 계급적 체계다"니 하고 말한다(Deleuze & Guattari, 1987 : 15~16).

이와는 달리 리좀은 수목이 상징하는 모든 것을 무너뜨리려는 새로운 사유의 틀로 '망상조직 같은 다양체'요 여러 특성을 지닌 다양성의 복합체다. 줄기들이 어떤 중심뿌리 없이 접속하고 분기하는 줄기식물처럼 리좀은 어떤 특정한 사고 기반이 없이 다양한 것들의 차이를 인정하고 복수성을 다원화하면서 새롭게 번식해 나간다. 들뢰즈와 가타리가 리좀에는 중심이 없고 시작도 끝도 없으며 사물의 중간, 사물의 틈, 존재와 존재의 사이에 공존한다고 말하는 것은 바로 그 때문이다. 그들은 수목형 사고방식을 정착민적 특성과 연관시키는 반면, 리좀적 사고방식을 유목민적 특성을 관련시킨다.

이렇게 들뢰즈와 가타리가 존재와 존재 사이의 틈에 무게를 싣는 것은 존재 그 자체보다는 생성을 중시하기 때문이다. 그들은 리좀에는 군사령관이나 조직하는 기억이나 중앙 자동장치가 없기 때문에 '비중심적이고 비계급적이며 비의미적인' 체계로서 오직 상태의 순환에 의해서만 정의된다고 지적한다. 그러면서 그들은 "리좀에서 문제가 되는 것은 섹슈얼리티와 관련되지만, 동물과 식물, 세계, 정치, 책, 인공적이고 자연적인 모든 것과 관련되어 있다. 그것은 수목형의 관계와는 전혀 다른 것으로 온갖 종류의 '생성'을 말한다"고 주장한다 (Deleuze & Guattari, 1987: 21).

한편 들뢰즈와 가타리가 리좀과 관련하여 사용하는 '상호존재'라는 용어도 좀더 찬찬히 살펴볼 필요가 있다. '상호존재'라고 번역한 'interbeing/interêtre'는 존재나 상태를 가리키는 자동사 'be/être'의 명사형에 'inter'라는 접두어를 붙여 만든 신조어다. 리좀에는 시작도 없고 끝도 없이 늘 사물과 사물 사이 중간에 있다는 들뢰즈와 가타리의 주장은 인간이건 비인간이건 이 우주에 존재하는 모든 것은 서로 밀접하게 관련을 맺고 있음을 지적하는 말이다. 그들은 리좀의 원칙이나 특징을 ① 연관성의 원칙, ② 이질성의 원칙, ③ 다양성의 원칙, ④ 의미를 거부하는 단절성의 원칙, ⑤ 지도 제작법과 전사轉寫 인쇄의 원칙 등 크게 다섯 가지로 나누어 설명한다.

좁게는 환경철학, 좀더 넓게는 환경인문학과 관련하여 펠릭스 가타리의 《세 가지 생태학》(2000)도 아주 중요하다. 이 책의 부피는 각주를 합해도 겨우 80여 쪽밖에 되지 않지만 그 내용은 무척 방대하다. 《안티 오이디푸스》와 《천 개의 고원》에 가려 제대로 빛을 보지 못했지만 이 책은 제목에서도 엿볼 수 있듯이 환경 문제를 좀더 직접 다룬다. 가타리는 이 책에서 생태학을 단순히 환경 문제를 뛰어넘어 인간의 사회적 관계와 인간의 주관성으로 확대한다. 그가 말하는 세 가지 생태학이란 ① 환경생태학, ② 사회생태학, ③ 정신생태학의 세 범주를 말한다.

그런데 가타리는 기존의 환경생태학에 사회생태학과 정신생태학을 덧붙여 세 분야가 협력하여 새로운 방향으로 나아갈 것을 제시한다. 이 세 유형의 생태학을 윤리-정치적으로 잇는 연결 고리로 그가 제시하는 철학적 개념이 생태철학(에코소피) 이다. 여기서 환경생태학에서 기존의 전통적 환경생태학처럼 자연과 환경의 파괴와 오염 문제에, 사회생태학에서 사회 구성원의 사회적 관계에, 정신생태학에서 인간의 주체성에 무게를 둔다.

가타리는 기존의 환경생태학의 가치나 장점을 인정하면서도 그것에 적잖이 불만을 품는다. 전통적인 환경생태학과는 달리 새로운 환경생태학은 사회투쟁이나 자신의 고유한 정신을 취하는 방식에서 중앙집권적 권한을 철저하게 분산해야 한다고 지적한다. 그래서 생태학의 함축적 의미는 자연애호가나 자격을 갖춘 전문가들의 이미지를 버릴 뿐 아니라 자본주의 권력 구성체와 주체성 전체에도 문제를 제기해야 한다고 주장한다.

가타리는 환경생태학에게만 적용할 수 있는 특별한 원칙으로 "최악의 재앙이나 가장 유연한 진화를 포함하여 모든 것이 가능하다"고 지적하는 것이 조금 다를 뿐이다(Guattari, 2000: 66). 그러면서 그는 자연의 평형이 점점 더 인간의 개입에 의존하게 될 것이라고 내다보며 지구 대기권의 산소, 오존, 이산화탄소의 관계를 통제하려면 엄청난 프로그램이 필요할 것이라고 지적한다. 그래서 가타리는 그가 말하는 환경생태학을 기존의 환경생태학과 구별 짓기 위하여 '기계생태학'이라는 용어로 고쳐 부를 것을 제안한다. 한마디로 자연을 사랑하는 태도나 전문가들의 연구를 떠나 그는 주관성과 자본주의적 권력 형성 전반에 문제를 제기한다.

가타리는 자연과 환경을 중심으로 한 기존의 생태학이 환경 문제에만 한정되어 왔다는 것에 불만을 품는다. 기존의 생태학만으로는 지금 인류가 직면한 전면적 위기를 극복하기에 역부족이라고 판단했기 때문이다. 그래서 그는 환경생태학에 이어 사회생태학을 제기한다. 그러나 가타리의 사회생태학은 미국의 마르크스주의 사회학자 머리 북친이 말하는 사회생태학과는 성격이 조금 다르다. 북친은 《사회생태학과 공동체주의》(2007) 4에서 "오늘날 생태계 문제는 거의 모두 뿌리 깊은 사회 문제에서 비롯한다. 그러므로 생태계 문제는 현 사회와 그것을 지배하는 불합리한 문제를 먼저 신중하게 이해하지 않는다면 해결은커녕 이해할 수도 없다"고 잘라 말한다(Bookchin, 2007: 19). 한편 철학 쪽에 좀더 경도되어 있는 가타리는 사회생태학을 다루되 어디까지나 철학적 관점에서 다룬다. 그

---

4 *Social Ecology and Communalism*

는 "부부, 가정, 도시 환경, 직장에서 생활방식을 고치고 새롭게 만들도록 특정한 실천안을 계발하는 데 사회생태학의 목적이 있다"라고 말한다. 그러면서 그는 글자 그대로 '집단적 존재être-en-groupe'의 양식을 재구성하는 문제라고 덧붙여 말한다(Guattari, 2000: 34).

가타리는 서로 다른 규모의 인간 집단에 정서적·실천적 집중(카텍시스)을 계발하는 것이 사회생태학의 역할이라고 주장한다. 그에 따르면 사회생태학은 예측할 수 없고 길들여지지 않은 '반항적 주관성'을 집단적으로 생산하는 것이다. 말하자면 그는 연대와 차별과 통일과 분열 사이에서 절묘하게 줄타기를 하는 셈이다. 한마디로 가타리는 사회생태학이 사회의 모든 층위에서 인간관계를 회복하는 데 역점을 두어야 한다고 지적한다.

세 가지 생태학 중에서 가타리가 가장 무게를 싣는 것은 다름 아닌 정신생태학이다. 그가 정신생태학에 무게를 두는 데는 그럴 만한 까닭이 있다. 인간 정신이 자연과 사회보다도 더 중요하다고 생각하기 때문이다. 오늘날의 환경 문제는 단순히 자연과 사회를 떠나 인간의 정신이나 심리와 깊이 연관되어 있다. 가타리는 《세 가지 생태학》의 첫머리에 그레고리 베이츤의 《마음의 생태학에 이르는 단계》(1972)에서 "잡초의 생태학이 있는 것과 꼭 마찬가지로 잘못된 생태학도 있다"는 말을 인용했다. 베이츤은 "생존을 위한 생태적 경쟁은 관념의 영역에서도 일어난다"고 천명하였다. 또한 그는 인간이 너무 오랫동안 찰스 다윈의 '적자생존'을 금과옥조처럼 받아들여 왔다고 지적하면서 인간이 생존하려면 이제는 다윈의 이론을 버리고 '유기체 + 환경의 생존'을 염두에 두어야 할 때라고 주장하였다(Bateson, 1972: 484, 495~505; Guattari, 2000: 27).

더구나 가타리는 "정신생태학이란 주체가 신체와 환영幻影과 시간의 흐름과 삶과 죽음의 '신비'와 맺고 있는 관계를 새롭게 보여 주는 것이다"라고 지적한다. 그러면서 그는 계속하여 "매스미디어와 텔레마티크에 따른 표준화, 유행의 일치, 광고와 조사 등에 따른 여론 조작에 대한 해결책을 찾게 해 준다"고 밝히기도 한다(Guattari, 2000: 35). 가타리는 이렇듯 오늘날의 환경 문제를 세계화와 매스미디어와 관련시킨다. 그가 '통합 세계자본주의CMI'라고 부르는 포스트산업사회의 자본주의야말로 오늘날 인류가 겪는 심각한 환경 위기와 생태계 위기를 불러온 장본인이라고 규정짓는다. 그가 말하는 '통합 세계자본주의'란 20세기 후반 세계화 시대를 맞아 정치와 경제, 자본과 국가가 완전히 하나로 통합되다시피 한 상태를 말한다. 그의 지적대로 오늘날 금융을 비롯한 경제는 말할 것도 없고 정치나 문화에서도 지구촌이 기계장치의 톱니바퀴처럼 거의 같이 움직인다. 현대 자본주의는 가타리와 들뢰즈의 용어를 빌리면 권력의 원천을 특정하기 어려울 만큼 '탈영토화'되어 있다.

통합 세계자본주의는 자연 환경을 파괴하고 현대인의 사회적 관계를 약화시킬 뿐 아니라 이보다 한발 더 나아가 현대인들의 정신과 태도와 감수성에도 침투한다. 가타리는 유일무이한 인간의 주관성이 마치 날마다 지구상에서 영원히 사라지고 있는 멸종 생물처럼 사라진다고 지적한다. 그는 《세 가지 생태학》에서 이렇게 유일성을 잃어버리는 주관성을 특이하게 만들고 이질성을 되찾고 개념적 '자아'와의 차별성을 긍정하려고 한다.

그런데 이러한 통합 세계자본주의가 전 세계에 걸쳐 사회적 통제를 행사하는 가장 강력한 무기는 다름 아닌 매스미디어다. 가타리는 "우리는 집단적 매스미디어의 주체성의 생산을 통하여 정신적으로 조작당하고 있다"**5**고 말한다(Guattari, 2000: 33). 물론 여기서 '우리'는 젊은 세대를 두고 하는 말이지만 모든 현대인을 가리키는 말로 받아들여도 크게 틀리지 않는다. 이렇게 모든 현대인을 통제하고 조작하는 매스미디어야말로 환경 위기나 생태계 위기에서 매우 중요한 역할을 한다. 그러니까 가타리는 이러한 정신적 조작에서 벗어나기 위한 방법으로 '정신생태학'을 부르짖는 셈이다.

가타리는 지구와 사회를 보호하는 차원을 넘어 자본주의의 침투로부터 우리 독특한 정신을 지킬 것을 호소한다. 존 레슬리가 《세계의 종말》(1996)에서 언급하듯이 인류의 멸망을 불러올 요인은 한두 가지가 아니다. 가령 오존층의 파괴, 환경오염, 전염병 대유행, 핵전쟁, 생물-화학전 말고도 소행성이나 유성 충돌 같은 자연 재해도 있다. 또한 유전공학이나 고에너지와 관련한 물리학 실험 같은 인재도 있다. 또한 이 못지않게 중요한 것이 '철학의 위험'으로, 종교적 근본주의, 윤리적 상대주의, 쇼펜하우어적인 염세주의 등이 여기에 속한다. 레슬리는 "인류가 이렇게 오랫동안 살아남은 것이 놀랄

---

5 최근 한 자료에 따르면 영국의 인구 중 92% 정도가 하루에 한 시간 넘게 텔레비전을 시청하는 것으로 나타났다. 미국의 한 조사 기관에 따르면 2019년 인터넷 사용 시간과 TV 시청 시간이 하루 평균 170.6분과 170.3분으로 각각 나타났다.

정도인 것 같다"라고 밝힌다(Leslie, 1996: 25).

《세 가지 생태학》에서 주목해 볼 것은 가타리가 과학적 패러다임을 버리고 다시 미적 패러다임으로 돌아갈 것을 촉구한다는 점이다. 그가 요한 볼프강 폰 괴테를 비롯하여, 마르셀 프루스트, 제임스 조이스, 앙토냉 아르토, 사뮈엘 베케트 같은 문학가들을 어떤 과학자들보다 높게 평가하는 것은 그 때문이다. 그러고 보니 그가 주목하는 작가들은 하나같이 모더니즘 계열에 속하는 실험적인 작가들이 대부분이다. 전통적인 작가들과 비교하여 전위적 작가들이 독자들에게 주는 충격이 좀더 강하기 때문일 것이다.

신유물론의 대두

'신유물론'이라는 용어가 처음 등장하는 것은 1990년대로, 서구 인문학 분야에서 그동안 끈질기게 지배하던 이원론을 극복하려는 경향을 두루 일컫는 말이다. 21세기에 들어와 좀더 이론적 체계를 갖춘 뒤 지금은 철학은 말할 것도 없고 문화 이론 전반에 걸쳐 폭넓게 사용하는 용어가 되다시피 하였다. 얼핏 보면 20세기 후반 서구를 지배하던 포스트모더니즘에 대한 비판적 반작용으로 볼 수도 있지만 신유물론은 그것으로부터 적잖이 이론적 유산을 물려받고 성장하였다. 그것은 포스트모더니즘이 한편으로는 모더니즘에서 이론적 자양분을 받고 성장하고, 다른 한편으로는 그것의 한계를 극복하려고 시도한 것과 같다.

신유물론은 영어를 비롯한 외국어로 표기할 때 흔히 복수형으로 표기하는 데서 엿볼 수 있듯이 단일한 사상 체계라기보다는 여러 갈래의 사상을 두루 일컫는 용어다. 예를 들어 '인간의 죽음'을 처음 언급하며 주체성을 비판한 미셸 푸코를 비롯하여 과학기술 연구STS 분야에서 잘 알려진 프랑스 철학자요 인류학자인 브뤼노 라투르의 '행위자-망網 이론', 질 들뢰즈와 펠릭스 가타리의 '리좀 이론', 멕시코계 미국인 철학자 마누엘 데란다가 발전시킨 '아상블라주 이론', 로즈메리 헤너시와 스테비 잭슨과 크리스틴 델피에서 시작하여 캐런 버라드와 로지 브라이도티 등이 주도하는 유물론적 페미니즘 이론, 도너 해러웨이의 비판적 페미니즘 이론과 포스트휴머니즘 이론 등이 모두 신유물론의 개념적 우산 속에 들어간다. 그러므로 신유물론은 흔히 생각하는 것보다 무척 넓다.

신유물론은 유물론을 신봉하는 다양한 이론이 서로 영향을 주고받으면서 발전에 발전을 거듭해 오다가 21세기에 들어서면서 뚜렷한 학문 분야로 자리 잡았다. 유럽연합EU 26개 회원국 중 무려 21개 국가의 신유물론 연구자들은 이 새로운 이론을 공유하고 더욱 발전시키기 위하여 '유럽 과학기술 협력체COST' 사업의 하나로 2014년 '신유물론 유럽연구자 네트워크'를 출범시키기에 이르렀다.

신유물론에 왜 굳이 '신'이라는 접두어를 붙였을까? 왜 그 흔한 '포스트'라는 접두어를 사용하지 않았을까? 두말할 나위 없이 그 이전의 이론과 좀더 뚜렷이 구별 짓기 위해서다. '전통적' 유물론이라고 하면 카를 마르크스와 프리드리히 엥겔스의 역사적 유물론이 금방 떠오른다. 마르크스와 엥겔스는 헤겔의 유심론에 맞서 유물론을 부르짖었지만 여전히 인간중심주의의 끈을 놓지 못하였다. 그들이 꿈꾸던 사회 변혁의 주체는 여전히 노동자라는 인간이었다. 마르크스주의에서 인간이 아닌 피조물은 좀처럼 조명을 받지 못하였다. 반면 신유물론에서는 무엇보다도 인간중심주의에 대한 비판을 출발점으로 삼는다. 이를 달리 표현하면 인간이 아닌 물질에 좀더 비중을 둔다는 말이 된다. 신유물론을 '물질적 선회'라고 부르는 까닭이 바로 여기에 있다. 또한 신유물론은 1960년대 대두한 구조주의나 그 뒤에 일어난 포스트구조주의의 '언어적 선회'에 대한 반작용으로 볼 수도 있다.

새롭게 부상한 이론이 흔히 그러하듯이 신유물론에서도 자주 사용하는 용어는 전문가들 사이에서는 몰라도 일반 학자들에게는 여전히 낯설고, 일반 독자들에게는 더더욱 그러하다. 가령 '인간을 넘어서는 세계more-than-human world', '동반 생성becoming-with' 또는 '공동 생성co-becoming', '생기적 물질vital matter', '대상 지향적 존재론object-oriented ontology', '관계적 존재론relational ontology', '존재-인식론적 유물론onto-epistemic materialism' 등은 이러한 경우를 보여 주는 좋은 예로 꼽을 만하다.

그렇다면 신유물론은 '구'유물론, 즉 전통적인 유물론과 어떻게 변별적으로 구분 지을 수 있는가? 신유물론은 환경인문학과 어떠한 관계가 있는가? 신유물론의 특징이 한두 가지가 아니지만 크게 ① 일원론적 존재론, ② 관계적 물질성, ③ 비인간의 작인作因, agency의 세 가지로 요약할 수 있다. 이 세 가지 특징은 서로 깊이 맞물려 있어 서로 구분 짓기란 어렵다. 그러면 세 특징을 좀더 구체적으로 살펴보기로 하자.

첫째, 신유물론은 르네 데카르트 이후 서구를 지배해 온 이원론적 존재론을 극복하고 일원론을 받아들인다. 즉, 이 이론에서는 주체·객체, 인간·자연, 정신·물질, 문화·환경, 동일자·타자 같은 이항 대립에 기초한 이분법의 구분은 이렇다 할 의미가 없다. 신유물론에 따르면 이 우주에 존재하는 것들은 하나같이 오직 물질성의 연속체 안에서만 존재이유를 담보받을 수 있을 뿐이다. 포스트휴머니즘 이론을 주장하여 관심을 끌었던 도나 해러웨이는《종들이 만날 때》(2007) **6** 에서 '자연문화 natureccultures'라는 신조어를 만들어 사용한다. 그녀는 두 어휘를 연결하는 하이픈(-)도 없이 아예 한 어휘로 사용하기 일쑤다. 가령 그녀가 이 책에서 주로 관심을 기울이는 개는 생물학적으로는 늑대에 속하는 종일지 모르지만 그녀에게는 인간과 '동반 종種'일 뿐이다. 이렇게 개를 비롯한 비인간을 동반자로 간주함으로써 해러웨이는 그동안 서로 대척 관계에 있던 '자연'과 '문화'를 따로 떼어서 생각하려는 이분법적 사고에 그야말로 쐐기를 박는다. 그녀의 관점에서 보면 자연이 곧 문화요, 문화가 곧 자연인 셈이다(Haraway, 2007: 25~26). **7**

---

6 *When Species Meets*

둘째, 신유물론은 물질성에 초점을 맞추되 연관성 또는 관계성에도 무게를 싣는다. 즉, 물질적 존재는 고정 불변한 실체가 아니라 늘 유동적이고 불균등하다. 그래서 다른 존재들과 끊임없이 유기적 관계를 맺음으로써 존재이유를 부여받는다. 신유물론 이론가들은 아메바 같은 하급 생물이나 심지어 돌멩이 같은 무생물로부터 '만물의 영장'이라는 인간에 이르기까지 이 우주에 홀로 존재하는 것이란 아무것도 없다고 생각한다. 모든 것은 이런저런 방식으로 서로 얽히고설키게 마련이다.

이러한 연계적 사고와 관련하여 새롭게 떠오른 개념이 공진화共進化다. 공진화란 글자 그대로 거대한 생태계에서 둘 또는 그 이상의 집단 사이에서 일어나는 상호의존적인 진화를 말한다. 경쟁과 협동을 통해 공진화가 일어나는 것은 말할 것도 없

---

7 2010년대 말부터 국내에서도 신유물론에 대한 논의가 본격적으로 이루어지기 시작하였다. 대표적인 예로 다음 논문을 들 수 있다. 김환석, 〈사회과학의 새로운 패러다임: 신유물론〉, 《지식의 지평》(대우재단) 통권 25호 (2018) : 81~89; 이준석과 김연철, 〈사회이론의 물질적 전회(material turn) : 신유물론(new materialism), 그리고 행위자-네트워크 이론(ANT)과 객체지향 존재론(OOO)〉, 《사회와 이론》(한국이론사회학회) 통권 35집 (2019) : 117~153; 김상민과 김성윤, 〈물질의 귀환: 인류세 담론의 철학적 기초로서의 신유물론〉, 《문화과학》 통권 97호 (2019) : 55~80.

고, 다른 종이나 개체가 제한된 동일 자원을 사용할 경우 서로 다르게 활용하는 것을 보고 학습하며 일어나기도 한다. 그렇다면 공진화는 찰스 다윈의 정통 진화론을 한 단계 넘어서는 새로운 이론이라고 할 수 있다. 그런데 이러한 공진화는 비단 생물체와 생물체 사이에서만 일어나지 않고 심지어 생물과 무생물 사이에서도 일어난다.

셋째, 신유물론에서는 인간뿐 아니라 더 나아가 비인간 세계, 즉 생물이나 무생물에게도 사회성을 만들어내고 재현하는 능력으로서의 작인이 있다고 본다. 사회적 행위를 유발하는 이러한 작인은 인간을 뛰어넘어 비인간 존재와 무생물에까지 확장된다. 그동안 인간은 우주의 드라마에서 주인공의 역할을 독차지해 왔지만 이제는 인간이 아닌 다른 존재들과 그 역할을 분담해야 한다. 이를 달리 말하면 신유물론에서는 인간중심주의보다는 생물평등주의가 중시된다는 것이 된다. 인간은 이제 비인간 세계와 함께 사회적·물질적 공동체를 이루어 나가야 할 것이다.

이렇듯 신유물론에서는 물질적 자연 세계를 정적이고 비활성적이고 수동적으로 보지 않고 오히려 끊임없이 운동하고 변화하는 역동적인 것으로 파악한다. 《진동하는 물질》(2010)

에서 제인 베닛은 자연이 '진동하고' 어떤 의미에서 '살아서 숨쉰다'고 지적한다. 베닛을 비롯한 유물론적 생태비평가들은 고전적 물질과학 이후에 이루어진 성과를 바탕으로 인간의 문화와 마찬가지로 물질과 비인간적인 생명에도 독립적인 작인이나 행위성을 부여한다. 다시 말해서 이 이론에서는 존재보다는 생성에 무게를 싣는다.

이러한 현상을 설명하기 위하여 양자물리학자요 페미니즘 사상가인 캐런 버라드는 '작인적 실재론agentic realism'이라는 용어를 만들어낸다. 그녀에 따르면 실재란 "물질과 담론 과정의 체계적인 연루"고, 물질이란 "진행 중인 물질화 과정의 현상"이다. 또한 물질이란 글을 써 넣는 텅 빈 석판이 아니라고 말하는 버라드는 계속하여 "물질은 고정되고 소여적所與的인 것도 아니고 서로 다른 과정의 결과도 아니다. 물질은 생산되면서 동시에 생산하고, 생성되면서 동시에 생성한다. 물질은 작인적일 뿐 고정된 사물의 본질이거나 특성이 아니다"라고 밝힌다(Barad, 2007: 137, 151). 또한 버라드는 "우리는 세계 밖에 서서 지식을 습득하지 않는다. '우리'는 세계에 속해 있기 때문에 지식을 얻는다. 우리는 우리와는 다르게 생성하는 세계의 일부다"라고 잘라 말한다(Barad, 2008: 147).

이렇게 버라드처럼 물질에 역동적 기능과 창조적 역할을 부여하는 것은 제인 베닛도 마찬가지다. 방금 앞에서 언급한 《진동하는 물질》에서 그녀는 인간 신체에서 구체적인 예를 들어 설명한다.

팔꿈치에 서식하는 박테리아 군체를 보면 인간 주체가 그 자체로 얼마나 인간이 아니고 이질적인 데다 외부적인 역동적 물질인지 잘 알 수 있다. 인간의 면역 체계가 제대로 작동하려면 장내腸內 기생충에 의존한다. 사이보그화(인조 인간화)의 다른 실례를 보면 인간 작인이 얼마나 항상 미생물, 동물, 식물, 금속, 화학 물질, 말소리 등의 집합체인가 하는 사실도 잘 알 수 있다 (Bennett, 2010: 121).

베닛은 팔꿈치에 서식하는 박테리아를 언급하지만 박테리아가 서식하는 인간 신체로 말하자면 비단 팔꿈치만이 아니다. 최근 과학전문 학술지 〈사이언스〉에 발표한 한 논문에 따르면 보통 사람의 피부 표면에는 1천여 종의 박테리아가 서식하고 있다고 한다. 배꼽이나 팔꿈치 안쪽, 겨드랑이 등 습한 부분에 주로 많이 서식하는 것으로 나타났다. 더욱 놀라운 것은 박테리아들이 사람의 표피에서 서식할 수 있도록 계속 진화해 왔다는 사실이다.

제인 베닛은 《진동하는 물질》에서 궁극적으로 생명·물질, 인간·동물, 자유의지론·결정론, 유기성·무기성의 이분법을 거부한다. 캐런 버라드의 이론에 힘입은 베닛은 이러한 이분법의 우상을 허물고 그 자리에 새로운 '공중publics'의 개념을 세운다. 베닛이 말하는 '공중'이란 인간과 비인간 집단으로 구성되어 있다. '공중'은 브뤼노 라투르가 《자연의 정치학》에서 '유니버스'를 밀어내고 그 자리에 '플루리버스'를 세우려는 것과 궤를 같이한다. '유니버스'는 우주라는 의미에 가려 잘 드러나지 않지만 '하나로 합쳐진 것' 또는 '하나로 모아진 것'이라는 뜻에 뿌리를 둔다. 그러므로 이 말에는 모든 피조물 중에서 인간을 유일무이한 존재로 간주하려는 인간중심주의가 도사리고 있다.

이제 신유물론과 전통적 유물론의 차이점을 잠깐 짚고 넘어갈 차례다. 여기서 전통적 유물론이란 이른바 '속류' 마르크스 전통을 말한다. 속류 마르크스주의에 따르면 사회의 물질 기반과 계급 관계는 인간 행위에 거의 기계적으로 수반되는 상징적 교환 체계보다 우선한다. 이러한 사상 체계에서는 양자물리학이 말하는 물질 이론이 들어설 자리가 없다. 양자물리학에서는 '비활성 물질'로 간주해 온 자연에 능동적이고 작인적인 속성을 부여한다. 다시 말해서 플라스틱 컵이든, 유리그릇이든, 나무 의자든 대상은 인간의 삶에서 능동적인 역할을 한다.

전통적 마르크스주의자들에 따르면 육체노동이든 정신노동이든 인간의 노동은 하나같이 1차적 자연을 2차적 자연으로 변형하는 것이고, 이러한 변형이 일어나는 곳은 바로 환경이다. 레이먼드 윌리엄스 같은 좀더 '세련된' 마르크스주의자들에게도 환경 문화 연구의 일차적 목표는 시골 노동자 같은 배제된 인간 주체를 전면에 다시 내세워 새로운 사회, 문화, 환경 관계를 상정하는 데 있었다. 이 점을 의식이라도 한 듯이 존 벨러미 포스터는 《마르크스의 생태학》(2000) **8**에서 유물론을 바탕으로 인간과 자연의 유기적 관계를 모색하려고 시도한다(Foster, 2000: 21~65).

한편 전통적 마르크스주의자들과는 달리 신유물론 이론가들은 물질을 인간의 계급 관계의 관점에서 파악하지 않고 오

---

8 *Marx's Ecology*

히려 물질에 작위성 같은 인간의 속성을 부여하려고 한다. 로버트 에밋과 데이비드 나이는 작위성이나 작인의 관점에서 전통적 유물론과 신유물론을 다음과 같이 구분 짓는다.

신유물론자들은 콘크리트 블록을 인간 노동의 정수로 보거나 또는 그것을 교환 가치의 관점에서 분석하려고 하지 않을 것 같다. 그 대신 대상을 무엇보다도 먼저 행위자, 즉 어떤 작인의 속성이나 '작인적 능력'을 갖춘 실체로 간주한다. 대상은 의식이 있는 행위자는 아니지만 인간이 지배하고 이용해야 하는 네트워크의 불가피한 부분이다. 전통적 마르크스주의 비평가는 대상을 사회적 관계의 구현으로 파악할지 모르지만, 신유물론자는 그 대상을 '아상블라주' 안에서의 행위자로 간주한다. 서로 다른 사회적 위치에 있는 인간의 사회적 관계는 적절한 것이기는 하지만 그렇다고 인간, 다른 동물, 식물, 개별적 기술, 날씨 등 사이의 관계보다 더 특권을 누릴 수는 없을 것이다 (Emmett & Nye, 2017: 141).

앞의 인용문에서 '작인'과 '행위자' 말고도 특별히 눈여겨볼 어휘는 '네트워크'와 '아상블라주'다. 앞에서 잠깐 언급했듯이

'네트워크'는 브뤼노 라투르의 '행위자–망 이론'에서 핵심적 개념이고, '아상블라주'는 질 들뢰즈와 펠릭스 가타리의 이론을 발전시킨 마누엘 데란다 이론에서 핵심적 개념이다. 인간과 물질의 유기적 연관성을 지적하는 이 두 어휘는 신유물론에서 중요한 개념이다. 신유물론자들에게 물질은 저 멀리 세계 밖에 홀로 존재하지 않는다. 오히려 물질은 폐품이나 일상적인 용품 등 다양한 재료를 조합하여 만든 미술 작품 같은 아상블라주고, 인간과 더불어 생성하는 존재며, 인간이 생물학적으로 복잡하게 얽혀 있을 수밖에 없는 거대한 망의 한 매듭이다.

신유물론을 부르짖는 몇몇 이론가가 인류세의 개념에 문제를 제기하는 것도 이와 같은 맥락에서다. 인류세를 주장하는 이론가들은 지구의 역사에서 인간의 역할을 지나치게 강조하기 때문이다. 신유물론자의 관점에서 보면 인간은 특별히 힘이 있거나 그렇게 지력을 갖추고 있거나 창조적이지도 않다. 케이트 릭비 같은 신유물론자들은 그동안 인간의 전유물로 인정받아 온 인지 능력이나 영성도 우주에 내재하는 것으로 간주한다. 내재성과 물질·영혼의 이분법을 거부한다는 점에서 그들의 이론은 질 들뢰즈가 '철학자들의 왕' 또는 '신학으로부

터 철학을 구출해 낸 철학의 그리스도'라고 부른 바뤼흐 스피
노자의 형이상학적 일원론과 맞닿아 있다.

환경 신학과 교황 회칙

미국의 역사학자 린 화이트는 기독교가 환경 위기와 생태계 위
기를 불러온 장본인인 만큼 그것에 대한 치유도 종교가 맡아야
한다고 역설한다. 기독교 신자는 전 세계 인구의 31.5%를 차
지하고, 미국으로 좁혀 보면 전체 인구의 78%가 자신을 기독
교 신도로 자처한다. 적어도 이 점에서 화이트가 환경 문제 해
결을 기독교에서 찾으려고 하는 것은 옳다. 그는 12세기 이탈
리아의 아시시 지방에서 살면서 생태적인 삶을 몸소 실천했던
성聖 프란치스코를 언급하며 그를 생태학자들의 성인으로 삼
자고 제안한다. 실제로 1979년 교황 요한 바오로 2세는 교황
교서를 통하여 아시시의 성인을 '동물과 환경의 수호성인'으로
선포하였다. 성 프란치스코는 흔히 '태양 찬가'로 일컫는 〈피
조물의 찬가〉에서 인간을 포함한 삼라만상을 부모와 형제자
매로 부르면서 모든 피조물을 한 가족의 구성원으로 여겼다.

성 프란치스코는 21세기에 들어와서도 환경 문제와 관련하여 크게 주목받았다. 2015년 5월 프란치스코 교황은 요한 바오로 2세 교황에 이어 성 프란치스코를 "생태학 분야에서 연구하고 일하는 모든 사람의 수호성인"으로 다시 한 번 선포하였다. 더구나 프란치스코 교황은 전 세계의 모든 성직자에게 보내는 회칙回勅 〈찬미 받으소서〉9에서 환경 위기나 생태계 위기의 시대에 종교의 역할을 다시 한 번 천명한다. 이 회칙은 "하느님의 종들의 종 로마 주교 프란치스코가 이 편지를 읽는 모든 이에게 은총과 자비와 평화를 빕니다"라는 문장으로 시작한다(Francis, 2015). **10**

그런데 이 회칙의 제목은 프란치스코 성인의 〈피조물의 찬가〉의 후렴구인 "저의 주님, 찬미 받으소서"에서 따온 것이다. 이 회칙에서 교황은 우리가 더불어 사는 집인 지구가 "우리와

---

9 Laudato Si'

10 프란치스코 교황, 한국천주교주교회의 역, 《찬미받으소서: 프란치스코 교황 회칙》(서울: 한국천주교주교회의, 2015). 이 회칙에 관한 해설은 주로 베네딕도 수도회 서울 수녀원의 〈회칙 '찬미 받으소서'〉에 의존하고, 이 회칙에서 인용할 때는 본문에 쪽수 대신 항목 숫자만을 표기하기로 한다. https://blog.naver.com/ciakoh/220722221312.

함께 삶을 나누는 누이며 두 팔 벌려 우리를 품어주는 아름다운 어머니"(1항)와 같다는 사실을 새삼 일깨워준다. 프란치스코 교황은 "아시시의 프란치스코 성인은 취약한 이들을 돌보고 온전한 생태학을 기쁘고 참되게 실천한 훌륭한 모범입니다. (…) 이 성인은 우리에게 자연 보호와 가난한 이들을 위한 정의와 사회적 헌신과 내적 평화 사이의 불가분의 유대를 보여줍니다"라고 지적한다. 프란치스코 교황은 "이 누이가 지금 우리에게 소리치고 있습니다. 하느님께서 이 누이에게 맡기신 재화를 무책임하게 사용하고 남용하여 해를 입혔기 때문입니다"(8항)라고 말한다. 그러면서 그는 누이의 울부짖음은 가난한 이들의 울부짖음과 하나 되어 우리의 양심이 "피조물에 저지른 죄를 인정하도록" 한다고 밝힌다. 교황은 정교회의 바르톨로메오 총대주교의 언급에 주목하며 "기후 변화를 일으켜 생활양식을 파괴하는 인간은 지구의 물, 땅, 공기, 생명을 오염시킵니다. 이러한 것들은 죄입니다"(8항)라고 말한다.

교황은 회칙 〈찬미 받으소서〉에서 인간이 초래한 생태 위기와 환경 위기의 근본 원인으로 기술만능주의와 인간중심주의를 비판하면서 통합적이고 지속가능한 발전을 위한 다양한 차원의 대화와 생태 교육을 촉구한다. 이 회칙은 환경인문학이 다루는 문제의 거의 대부분을 폭넓게 취급한다는 점에서 주목해 볼 만하다.

예를 들어 회칙에서는 ① 인간이 하느님과 맺는 관계, ② 인간이 자기 자신과 맺는 관계, ③ 인간이 타인과 맺는 관계, ④ 인간이 피조물과 맺는 관계를 모두 다룬다. 그런데 이 회칙에서는 이러한 여러 관계가 자비라는 중심축으로 이루어진다. 종교와 환경과 생태계 문제를 다룬 책이 더러 있지만 가톨릭 신학의 관점에서 이 문제를 그렇게 집중적으로 그리고 광범위하게 다룬 것은 이 책이 처음이다. 물론 환경에 대한 교황의 관심을 반영하고 있는 것은 사실이지만 그가 직접 집필한 것은 아니다. 그를 보좌하는 사람들이 선임 교황들의 회칙을 비롯하여 교황청 정의평화평의회의 자료 같은 바티칸의 다른 문헌들, 그리고 대륙의 많은 주교회의들의 문헌을 바탕으로 쓴 것이다.

프란치스코 교황은 이 회칙에서 "우리 후손들, 지금 자라나고 있는 우리 자녀들에게 어떠한 세상을 남겨주고 싶습니까?" (160항) 라고 묻는다. 이 질문은 근본적으로 삶의 의미와 목적, 자연과 환경과의 관계와 깊이 연관되어 있다. 이 세상에서 인간이 살아가는 목적은 과연 무엇인가? 인간은 어떠한 가치를 추구해야 하는가? 지구는 인간에게 무엇을 요구하는가? 이러한 질문을 던지면서 프란치스코 교황은 "우리가 이러한 심오한 문제와 싸우지 않는다면 환경에 대한 우리의 관심이 의미 있는 결과를 낳지 못할 것"(160항)이라고 지적한다.

프란치스코 교황의 회칙 〈찬미 받으소서〉는 서론에 해당하는 부분(1~16항)으로 시작한다. 이 항목에서는 '찬미받으소서'(1~2항)를 비롯하여 '이 세상의 그 어떤 것도 우리와 무관하지 않습니다'(3~6항), '동일한 관심을 통한 일치'(7~9항), '아시시의 프란치스코 성인'(10~12항), '개인적 권유'(13~16항) 등을 다룬다. 여기서 주목해 볼 것은 회칙에서는 생태학을 어떻게 규정짓는가 하는 점이다. 회칙은 "이 세상에서 인간으로서 우리의 고유한 자리와 우리와 주변 환경과의 관계를 존중하는 것입니다"(15항)라고 정의 내린다. 또한 "자연은 우리 자신과 분리되거나 우리가 살아가는 단순한 배경으로 여겨질 수 없습니다"(139항)라고 밝히면서 인간과 환경의 유기적 관련성을 지적하기도 한다.

회칙의 방금 언급한 서론으로 시작하여 두 가지 기도, 즉 '우리의 지구를 위한 기도'와 '그리스도인이 피조물과 함께 드리는 기도'로 끝을 맺는다. 서론과 결론 사이에서 다루는 주요 내용은 다음과 같이 모두 6장(17~246항)으로 구성되어 있다.

제 1장 공동의 집에 무슨 일이 벌어지고 있습니까? (17~61항)

제 2장 피조물에 관한 복음(62~100항)

제 3장 인간이 초래한 생태 위기의 근원들(101~136항)

제 4장 통합 생태론(137~162항)

제 5장 접근법과 행동 방식(163~201항)

제 6장 생태 교육과 영성(202~6항)

각 장의 제목이 아주 구체적이어서 제목만 보아도 회칙의 내용을 대충 짐작할 수 있다. 그중 두세 장의 내용만 간추려 보는 것으로 충분할 것 같다. 제 1장에서는 "공동의 집에 무슨 일이 벌어지고 있습니까?"라고 묻는다. '공동의 집'이란 인간을 비롯한 모든 피조물이 더불어 살아가는 환경을 말한다. '생태학'을 뜻하는 영어 '에콜로지'는 고대 그리스어에서 갈라져 나온 말로 환경이라는 집을 연구하는 생물학의 한 분과 학문이라는 것은 이미 앞 장에서 언급하였다. 환경은 모든 피조물이 더불어 살아가는 '공동 주택'과 같은 곳이다. 환경이라는 '공동의 집'에 무슨 일이 벌어지고 있느냐고 묻는 것은 지금 어떤 끔찍한 일이 벌어지고 있다는 것을 전제로 한 질문이다. 지구가 지금 지구온난화를 비롯한 환경 위기와 생태계 위기 또는 코로나바이러스 확산 같은 예측할 수 없는 전 지구적 재앙으로 파멸을 향하여 치닫고 있다는 사실은 모르는 사람은 거의 없다시피 하다.

회칙에서 프란치스코 교황은 "우리 후손들, 지금 자라나고 있는 우리 자녀들에게 어떠한 세상을 남겨주고 싶습니까?" (160항)라고 묻는다. 미래 세대에게 환경적으로 건강한 세계를 물려주기 위해서는 먼저 '공동의 집'이 왜 그리고 어떻게 허물어져 가고 있는지 그 이유를 먼저 알아야 한다. 회칙에서 말하는 근본 원인은 ① 오염과 기후 변화(20~26항), ② 쓰레기와 폐기물 등 물건을 쉽게 버리는 문화(20~22항), ③ 공공재인 기후(23~26항), ④ 물 문제(27~31항), ⑤ 생물다양성 감소(32~42항), ⑥ 인간 삶의 질의 저하와 사회 붕괴(43~47항), ⑦ 세계적 불평등(48~52항), ⑧ 이에 대한 미약한 반응(53~59항) 등이다. 오늘날 '공동의 집'을 돌이킬 수 없을 정도로 파괴하는 요인에는 인간 외적인 요인과 인간 내적인 요인, 즉 자연재해와 인재가 함께 작용한다.

제1장에서 '공동의 집'이 허물어지고 있는 여러 증후를 밝

힌다면 제3장에서는 인간이 초래한 생태 위기의 근원들을 밝히면서 그 해결책을 제시하는 데 주력한다. 제3장의 주요 내용은 ① 창의력과 힘으로서의 기술(102~105항), ② 기술 관료적 패러다임의 세계화(106~114항), ③ 현대 인간중심주의의 위기와 영향(115~121항), ④ 실천적 상대주의(122~123항), ⑤ 고용 보호의 필요성(124~129항), ⑥ 새로운 생명공학(130~136항) 등이다.

그런데 회칙에서 무엇보다도 특히 눈길을 끄는 것은 제4장에서 '통합생태학'을 주장한다는 점이다. 통합생태학이란 글자 그대로 지금까지 이루어진 모든 연구 성과를 바탕으로 환경 문제를 종합적으로 다루는 생태학 분야를 말한다. 이 유형의 생태학은 프란치스코 교황의 회칙을 발표하기 몇 해 앞서 마이클 지머먼이 '자연 세계에 관한 다양한 관점을 통합하여'라는 부제를 붙인 《통합생태학》(2011)을 출간하면서 관심을 받기 시작하였다. 그러나 프란치스코 교황의 회칙은 종교의 관점에서 폭넓게 이 문제를 다룬다는 점에서 그 의의가 크다. 회칙의 '통합생태론'이라는 제목을 붙인 제4장은 ① 환경, 경제, 사회의 생태론(138~142항), ② 문화 생태론(143~146항), ③ 일상생활의 생태론(147~155항), ④ 공동선의 원리

⟨156~158항⟩, ⑤ 세대 간의 정의⟨159~162항⟩ 등으로 구성되어 있다.

이 회칙은 전통적 의미의 생태학만 가지고서는 오늘날의 심각한 위기를 해결할 수 없다는 판단에서 새로운 패러다임에 기초한 폭넓은 생태학을 주창한다. 자연과학은 말할 것도 없고 경제와 정치, 문화 등을 폭넓게 아우른다. 좀더 구체적으로 말하자면 국제 정치, 국내 정치, 지역 정치의 쇄신을 위한 지침, 공공 분야와 기업 분야의 정책 결정 과정을 위한 지침, 정치와 경제의 관계와 종교와 과학의 관계를 위한 지침 등을 제안한다. 한마디로 허물어져가는 '공동의 집'을 다시 일으켜 세우는 데 조금이라도 도움을 주는 것이라면 어떤 분야와도 기꺼이 손을 잡으려고 한다. 그래서 회칙은 "우리는 환경과 사회와 관련된 두 가지 별개의 위기에 봉착한 것이 아니라 사회적인 동시에 환경적인 하나의 복합적 위기에 직면해 있습니다"⟨139항⟩라고 말한다. 그러면서 "환경 문제의 분석은 인간, 가정, 직업 관련 도시 상황의 분석, 인간들 자신과의 관계 분석과 분리할 수 없습니다"⟨141항⟩라고 밝힌다.

프란치스코 교황 회칙에서 주장하는 통합생태학에서 무엇보다도 돋보이는 것은 다른 피조물 못지않게 인간도 소중하게 생각한다는 점이다. 인간이 없으면 다른 피조물이 지금보다 더욱 건강한 환경에서 살아갈 수 있다고 주장하는 학자들이나 문학가들이 더러 있다. 그러나 인간도 생태계를 이루는 소중한 구성원이기 때문에 인간이 없는 생태계도 건강하다고 볼 수 없다. 인간이 환경이나 생태계를 파괴해 온 장본인이라는 사실과 인간이 지구상에서 사라져야 한다는 주장은 별개의 문제다. 인간이 하느님의 모습으로 창조되었다는 '이마고 데이 Imago Dei'는 기독교적 인간관의 핵심이다.

> 우리의 몸이 하느님의 선물이라는 사실을 인정하는 것이 온 세상을 하느님 아버지의 선물이며 우리가 더불어 사는 집으로 받아들이는 데 매우 중요합니다. 그러나 우리 자신의 몸을 마음대로 다룰 수 있다는 생각은 우리가 모르는 사이에 피조물을 마음대로 다룰 수 있다는 생각으로 바뀌게 됩니다. (155항)

잘 알려진 것처럼 기독교는 그동안 육신과 영혼에 대한 이원론적 입장을 오랫동안 이어 왔다. 이러한 태도에 기반해 초대교회 때부터 육체를 죄악시하고 심지어 학대까지 하는 금욕 생활을 하였다. 중세기에도 인간의 신체를 완전히 무시하지는 않았어도 영혼보다는 낮게 여기거나 죄를 유발하는 동인이 된다고 간주하였다. 이러한 태도는 종교개혁을 주도한 장 칼뱅 신학에서도 엿볼 수 있고 오늘날에까지 여전히 큰 영향을 끼친다. 프란치스코 교황의 회칙에서는 신유물론을 언급하지는 않지만 신유물론 이론가들처럼 인간의 신체에 깊은 관심을 기울인다.

프란치스코 교황의 회칙은 영혼 못지않게 육체에 관심을 두듯이 개신교는 말할 것도 없고 기독교가 아닌 다른 종교에도 관심을 기울인다. 이 점과 관련하여 회칙은 그동안 소원하거나 적대 관계에 있던 유대교와 이슬람교와도 기꺼이 손을 잡는다. 이 두 종교는 로마가톨릭 못지않게 자비를 하느님의 가장 중요한 속성으로 간주하기 때문이다. 또한 오늘날 같은 환경 위기와 생태계 위기를 극복하기 위해서는 모든 종교가 교리를 떠나 서로 협력해야 하기 때문이다. 이렇듯 '보편적 친교'는 회칙의 가장 중요한 특징 중 하나로 꼽힌다. 그래서 교황은 여러 종교의 철학자들과 신학자들, 교회 지도자들을 언급한다. 가령 가톨릭 신학자들과 지도자들뿐 아니라 바르톨로메오 총대주교 같은 정교회 지도자, 폴 리쾨르 같은 개신교 신학자, 심지어 알리 알카와스 같은 이슬람교 신비주의자들까지 폭넓게 언급한다. 한마디로 프란치스코 교황이 말하는 '공동의 집'은 이 세계의 모든 종교를 포함할 만큼 무척 크다 할 것이다.

참고문헌

김광규(2018). 《안개의 나라》. 서울: 문학과지성사.

김용락(1996). 《기차 소리를 듣고 싶다》. 서울: 창작과비평사.

김욱동(1998). 《문학 생태학을 위하여》. 서울: 민음사.

_____(2000). 《한국의 녹색 문화》. 서울: 문예출판사.

_____(2001). 《시인은 숲을 지킨다》. 서울: 범우사.

_____(2003). 《생태학적 상상력》. 서울: 나무심는사람.

_____(2011). 《적색에서 녹색으로》. 서울: 황금알.

_____(2013). 《녹색 고전: 서양편》. 서울: 김영사/비채.

_____(2015). 《녹색 고전: 동양편》. 서울: 김영사/비채.

_____(2015). 《녹색 고전: 한국편》. 서울: 김영사/비채.

Adamson, J., & Davis, M., eds. (2017). *Humanities for the Environment: Integrating Knowledge, Forging New Constellations of Practice*. London: Routledge.

Alaimo, S., Hekman, S., & Hekman, S. J., eds. (2008). *Material Feminisms*. Bloomington: Indiana University Press.

Alexievich, S. (2006). *Voices from Chernobyl: The Oral History of a Nuclear Disaster*. Trans. Keith Gessen. London: Picador.

Arendt, H. (1998). *The Human Condition*. 2nd ed. Chicago: University of Chicago Press.

Barad, K. (2007). *Meeting the Universe Halfway: Quantum Physics and the Entanglement of Matter and Meaning*. Durham: Duke University Press.

Bate, J. (2000). *The Song of the Earth*. Cambridge, MA: Harvard University Press.

Bateson, G. (1991). *A Sacred Unity: Further Steps to an Ecology of Mind*. Ed. Rodney E. Donaldson. New York: Cornelia & Michael Bessie Book.

_____ (2000). *Steps to an Ecology of Mind: Collected Essays in Anthropology, Psychiatry, Evolution, and Epistemology*. Chicago: University of Chicago Press.

_____ (2002). *Mind and Nature: A Necessary Unity*. New ed. New York: Hampton Press.

Beck, U. (1992). *Risk Society: Towards a New Modernity*. Trans. Mark Ritter. London: Sage Publications.

Bennett, J. (2010). *Vibrant Matter: A Political Ecology of Things*. Durham, NC: Duke University Press.

Bergthaller, H. et al. (2014). "Mapping Common Ground: Ecocriticism, Environmental History, and the Environmental Humanities", *Environmental Humanities* 5: 261~276.

Blanc, G., Demeulenaere, É., & Feuerhahn, W., eds. (2017). *Humanités environnementales: Enquêtes et contre-enquêtes*. Paris: Publications de la Sorbonne.

Bookchin, M. (2007). *Social Ecology and Communalism*. Chico, CA: AK Press.

Braidotti, R. (2013). *The Posthuman*. Cambridge: Polity Press.

Bruno, G. (1964). *The Expulsion of the Triumphant Beast*. Trans. and ed. Arthur D. Imerti. New Brunswick, NJ: Rutgers University

Press.

Byron, G. G. (1986). *The Complete Poetical Works*. Ed. Jerome J. McGann. Oxford: Clarendon Press.

Carson, R. (1962). *The Silent Spring*. Boston: Houghton, Mifflin.

Chakrabarty, D. (2013). "History on an Expanded Canvas: The Anthropocene's Invitation".

Clubbe, J. (1991). "The Tempest-toss'd Summer of 1816: Mary Shelley's *Frankenstein*", *The Byron Journal* 19: 26~40.

Commoner, B. (1971). *The Closing Circle: Nature, Man, and Technology*. New York: Random House.

Crutzen, P. J., & Stoermer, E. F. (2000). "The Anthropocene", *Global Change Newsletter* 41: 17~18.

Deleuze, G., & Guattari, F. (1987). *A Thousand Plateaus: Capitalism and Schizophrenia*. Trans. Brian. Massumi. Minneapolis: University of Minnesota Press.

_____(2009). *Anti-Oedipus: Capitalism and Schizophrenia*. Trans. Robert Hurley, Mark Seem, & Helen R. Lane. New York: Penguin Classics.

Descartes, R. (1968). *Discourse on Method and the Meditations*. Ed. F. E. Sutcliffe. London: Penguin.

Domanska, E. (2015). "Ecological Humanities", *Teksty Durgie* 1: 186 ~210.

Emmett, R. S. & Nye D. E. (2017). *The Environmental Humanities: A Critical Introduction*. Cambridge, MA: MIT Press.

Fagan, B. M. (2001). *The Little Ice Age: How Climate Change Made History 1300~1850*. New York: Basic Books.

Foster, J. B. (2000). *Marx's Ecology: Materialism and Nature*. New

York: Monthly Review Press.

Glotfelty, C., & Fromm, H. eds. (1996). *The Ecocriticism Reader: Landmarks in Literary Ecology.* Athens: University of Georgia Press.

Griffiths, T. (2007). "The Humanities and an Environmentally Sustainable Australia", *Australian Humanities Review* 43. australianhumanitiesreview. org/2007/03/01/the-humanities-and -an-environmentally-sustainable-australia/

Guattari, F. (2000). *The Three Ecologies.* Trans. Ian Pindar & Paul Sutton. London: Athlone Press.

Hall, M., Forêt, P., Kueffer, C., Pouliot, A., & Wiedmer. C. (2015). "Seeing the Environment through the Humanities: A New Window on Grand Societal Challenge", *Gaia* 25: 2 (2015): 134~136.

Haraway, D. J. (2007). *When Species Meets.* Minneapolis: University of Minnesota Press.

Heise, U. K. (2016). "The Environmental Humanities and the Futures of the Human", *New German Critique* 43: 2 (2016): 21~31.

Holm, P. et al. (2015) "Humanities for the Environment: A Manifesto for Research and Action", *Humanities* 4: 4 (2015): 977~992.

Iovino, S., & Oppermann, S. (2012). "Material Ecocriticism: Materiality, Agency, and Models of Narrativity." *Econzon@* 3(2012): 75~91.

Jevons, W. S. (1865). *The Coal Questions: An Inquiry concerning Progress of the Nation and the Probable Exhaustion of our Coal-mines.* London: Macmillan.

Kagan, J. (2009). *The Three Cultures: Natural Sciences, Social Sci-*

ences, and the Humanities in the 21st Century. Cambridge: Cambridge University Press.

Keats, J. (1997). *The Complete Poems.* New York: Penguin Classics.

Leslie, J. (1996). *The End of the World: The Science and Ethics of Human Extinction.* London: Routledge.

Livio, M. (2020). *Galileo: And the Science Deniersbooks.* New York: Simon and Schuster.

Lopez, B. (1989) *Crossing Open Ground.* New York: Vintage Books.

Lovelock, J. E. (1979). *Gaia: A New Look at Life on Earth.* Oxford: Oxford University Press.

_____(2002). "What is Gaia?", *Resurgence and Ecologist* 211 (March/April 2002): 6~8.

McHarg, I. L. (1970). "Values, Process, and Form", In *The Ecological Conscience: Values for Survival.* Ed. Robert Disch. Englewood Cliffs, NJ: Prentice-Hall.

Meeker, J. W. (1974). *The Comedy of Survival: Studies in Literary Ecology.* New York: Charles Scribner.

Merchant, C. (1990). *The Death of Nature: Women, Ecology, and the Scientific Revolution.* New York: Harper & Row.

_____(2013). *Reinventing Eden: The Fate of Nature in Western Culture.* 2nd ed. London: Routledge.

Neimanis, A., Åsberg, C., & Hedrén, J. (2015). "Four Problems, Four Directions for Environmental Humanities: Toward Critical Posthumanities for the Anthropocene", *Ethics and the Environment* 20: 1 (Spring 2015): 67~97.

Nixon, R. (2011). *Slow Violence and the Environmentalism of the Poor.* Cambridge, MA: Harvard University Press.

_____(2014). "How to Read a Bridge", *Perspectives* 1 (2014): 101~109. Rept. in *Environmental Humanities: Voices from the Anthropocene*. Ed. Serpil Oppermann & Serenella Iovino. London: Rowman and Littlefield International, 2017.

Oppermann, S., & Iovino, S. eds. (2017). *Environmental Humanities: Voices from the Anthropocene*. London: Rowman & Littlefield International.

Plumb, J. H. ed. (1964). *The Crisis in the Humanities*. Baltimore: Penguin Books.

Francis, P. (2015). *On Care for Our Common Home*. Washington, D. C.: United States Conference of Catholic Bishops.

Prigogine, I. (1997). *The End of Certainty: Time, Chaos, and the New Law of Nature*. New York: Free Press.

Purdy, J. (2015). *After Nature: A Politics for the Anthropocene*. Cambridge, MA: Harvard University Press.

Roelvink, G., Martin, K. S., & Gibson-Graham, J. K. eds. (2015). *Making Other Worlds Possible: Performing Diverse Economies*. Minneapolis: University of Minnesota Press.

Rosaldo, M., & Lamphere, L. eds. (1974). *Women, Culture, and Society*. Stanford: Stanford University Press.

Rose, D. B., & Robin, L. (2004). "The Ecological Humanities in Action: An Invitation", *Australian Humanities Review* (April, 2004): 31~32.

Rose, D. B., van Dooren, T., Chrulew, M. et al. (2012). "Thinking Through the Environment, Unsettling the Humanities", *Environmental Humanities* 1: 1 (November 2012): 1~5.

Ruekert, W. (1978). "Literature and Ecology: An Experiment in

Ecocriticism", *Iowa Review* 9: 1 (1978): 71~86. Repr. in *The Ecocriticism Reader: Landmark in Literary Ecology.* Ed. Cheryll Glotfelty & Harold Fromm. Athens: University of Georgia Press, 1996.

Ruiz, J. R. (2009). "Sociological Discourse Analysis: Methods and Logic", *Forum: Qualitative Social Research* 10: 2.

Scranton, R. (2015). *Learning to Die in the Anthropocene: Reflections on the End of Civilization.* New York: City Lights.

Shaberg, C. (2020). *Searching for the Anthropocene: A Journey into the Environmental Humanities.* New York: Bloomsbury Academic.

Sheldrake, R. (1990). *The Rebirth of Nature: The Greening of Science and God.* London: Century.

Singer, P. (2015). *Animal Liberation.* Rev. ed. New York: Random House.

Snow, C. P. (1961). *The Two Cultures and the Scientific Revolution.* New York: Cambridge University Press.

Snyder, G. (1995). "The Forest in the Library", in *A Place in Space: Ethics, Aesthetics, and Watersheds.* Ed. Gary Snyder. New York: Counterpoint, 1995.

Sörlin, S. (2012) "Environmental Humanities: Why Should Biologists Interested in the Environment Take the Humanities Seriously?", *BioScience*, 62: 9 (September 2012): 788. https://doi.org/10.1525/bio.2012.62.9.2

Sörlin, S., & Wynn, G. (2016). "Fire and Ice in The Academy: The Rise of the Integrative Humanities", *Literary Review of Canada* 24: 6 (2016): 14~15.

White, D. R. (1997). *Postmodern Ecology: Communication, Evolution, and Play.* Albany: SUNY Press, 1997.

White, L. (1967). "Historical Roots of Our Ecological Crisis", *Science* 155 (March, 1967), 1203~1207. Repr. in *The Ecocriticism Reader: Landmark in Literary Ecology.* Ed. Cheryll Glotfelty and Harold Fromm. Athens: University of Georgia Press, 1996.

Wilson, E. O. (1998). *Consilience: The Unity of Knowledge.* New York: Knopf.

山下一海(1976). 〈芭蕉・蕪村・一茶 文學史の常識をめぐって〉. 《鑑賞 日本古典文學 第32卷 蕪村・一茶》. 東京: 角川書店.

吉田兼好. 《徒然草》. 김충영・엄인경 공역(2010). 〈무상과 모노노아와레〉, 《쓰레즈레구사》. 서울: 문.

平川祐弘(1986). 《西洋の詩 東洋の詩》. 東京: 河出書房新社.